W9-DGV-138

WITHDRAWN

LA COMEDIA NUEVA
EL SÍ DE LAS NIÑAS

LITERATURA

ESPASA CALPE

LEANDRO FERNÁNDEZ DE MORATÍN

LA COMEDIA NUEVA

EL SÍ DE LAS NIÑAS

Edición
René Andioc

COLECCIÓN AUSTRAL

ESPASA CALPE

Primera edición: 31 - III - 1943
Vigésima edición: 17 - V - 1990

© Espasa-Calpe, S. A.
—
Maqueta de cubierta: Enric Satué
—
Depósito legal: M. 18.942—1990
ISBN 84—239—1869—6

Impreso en España
Printed in Spain

Talleres gráficos de la Editorial Espasa-Calpe, S. A.
Carretera de Irún, km. 12,200. 28049 Madrid

ÍNDICE

INTRODUCCIÓN

ELEMENTOS BIOGRÁFICOS

Leandro Fernández de Moratín nació en Madrid el 10 de marzo de 1760, a principios del reinado de Carlos III. Era hijo de don Nicolás, conocido escritor, a quien debió una temprana afición a la lectura. Siendo aún muy niño sufrió un ataque de viruelas, que le dejó definitivamente picado el rostro, haciéndose esquivo con los extraños, según contó él mismo al final de su vida. A diferencia de sus amigos más conocidos, el abate Juan Antonio Melón, José Antonio Conde, Pedro Estala, Juan Pablo Forner, autor de las *Exequias de la lengua castellana,* don Leandro no pasó de la escuela de primeras letras, y debió complementar su educación con toda probabilidad en el entorno familiar, porque el padre se negó a enviarle a Alcalá por miedo a que los malos métodos de enseñanza le «echasen a perder».

La familia de Moratín trabó amistad con miembros de la importante colonia italiana en Madrid, los Bernascone y los Conti; entonces conoció el muchacho a Sabina Conti, que le inspiró el primer amor, platónico por supuesto, pero que, llegando a casarse en 1780 con su primo, el literato Giambattista Conti, tal vez le dejaría algún cuidadillo en el corazón; lo cierto es que por aquellos años ochenta mantenía relaciones con una joven, cuya identidad se negó siempre a confesar, y que contrajo matrimonio con un viejo, según solía ocurrir con frecuencia, al menos en los medios acomodados. Esos casamientos desiguales, en los que la inclinación de las novias era lo de menos, y lo de más el interés de los cabezas de familia, tenían preocupada a buena parte de la intelectualidad ilustrada, pues planteaban el problema de la armonización de la libertad individual con la autoridad, problema por lo demás fácilmente transportable a un nivel más elevado que el de la simple vida doméstica. Casi toda la producción dramática de Moratín, exceptuando LA COMEDIA NUEVA, gira más o menos en torno a ese tema, de manera que un crítico anónimo, y por cierto malintencionado, pudo hablar a este respecto de «manía».

Volviendo a la primera juventud de don Leandro, conviene recordar que su padre, ante las disposiciones que manifestaba para el dibujo, había pensado enviarlo a Roma a estudiar con el célebre pintor Mengs, pero no llegó el proyecto a realizarse por no resignarse la madre a que se fuera el único hijo que le quedaba y tal vez por razones también económicas. Entonces empezó Moratín a trabajar en la Joyería del Rey al lado de su tío Victorio Galeoti.

En 1779, la Academia Española le adjudicó un accésit de poesía en un concurso público; en 1782 también le distinguió, aunque no con el primer premio, por su *Lección poética. Sátira contra los vicios introducidos en la poesía castellana,* poema en el que ya se manifiestan las orientaciones estéticas del futuro dramaturgo neoclásico aleccionado por las polémicas sostenidas años antes por su padre y los amigos de éste.

Muerto ya don Nicolás en 1780, Moratín se halla en una situación económica no muy alentadora, tratando de acudir a sus necesidades y a las de su madre con el modesto salario que cobra, unido a la pensión de la viuda. A raíz del fallecimiento de ésta en 1785 pasa a vivir con su tío Miguel y sigue andando en busca de un empleo que le ofrezca más posibilidades de dedicarse a sus tareas de escritor.

Entonces se le ofrece, gracias a la protección de Jovellanos, la oportunidad de entrar al servicio del conde de Cabarrús como secretario de éste, y de salir con él en 1787 para Francia, donde permanecerá un año. Ya tiene redactada la comedia *El viejo y la niña,* cuya representación no se podrá conseguir hasta 1790, y va planeando y componiendo la zarzuela, más tarde comedia, *El barón,* y *La mojigata.* A los pocos meses del regreso a Madrid cae en desgracia Cabarrús y se desvanecen las esperanzas de don Leandro. Fracasa éste en su candidatura al puesto de bibliotecario segundo de los Reales Estudios de San Isidro; tampoco consigue representar su primera obra teatral. Entonces publica una sátira en prosa, *La derrota de los pedantes* (1789) y, por otra parte, un romance jocoso dedicado al ministro Floridablanca se le premia con una pensioncita eclesiástica, teniendo que ordenarse, como era natural, de prima tonsura.

Carlos IV había sucedido a su padre, muerto en 1788, y el jovencísimo guardia de corps extremeño Manuel Godoy se había granjeado el favor real. Gracias al valido obtiene Moratín en 1790 otras dos pensiones más pingües que la primera. Se representa por fin *El viejo y la niña* en el Teatro del Príncipe el mismo año, y en 1792 se estrena también LA COMEDIA NUEVA, compuesta poco antes en el retiro de Pastrana, cerca de Alcalá.

Pretextando el deseo de correr cortes para perfeccionar su cultura, pero temiendo en realidad una caída de Godoy, que no llegó a verificarse, solicita Moratín y consigue permiso para un segundo viaje a Francia. En este país ha estallado la Revolución, y la vista de algunas escenas escalofriantes le mueve a pasar rápidamente a Inglaterra, donde traducirá el

Hamlet, de Shakespeare; piensa en regresar a España a ocupar el puesto que se le quiera dar; por fin, una cuantiosa subvención de Godoy le permite dirigirse a Italia, que va a recorrer de finales de 1793 a 1796, estableciendo numerosas relaciones con figuras destacadas de la literatura, el arte y la diplomacia, estudiando y divirtiéndose como es debido; ingresa en la academia de los Árcades de Roma, con el seudónimo de Inarco Celenio. Siente una preferencia por Bolonia, en cuyo Colegio de San Clemente viven varios becarios españoles. Además de las numerosas cartas que desde aquel país dirige a su amigo Melón, redacta un *Viaje de Italia* que da testimonio de lo fructífera que fue su estancia.

Se embarcó en Génova en septiembre de 1796, llegando a Algeciras después de un viaje lleno de peripecias, y en Cádiz se entera de que, gracias a la intervención de sus amigos, se le ha nombrado secretario de la Interpretación de Lenguas (servicio oficial de traducción). Acabadas sus andanzas, al menos provisionalmente según veremos, se instala don Leandro en una existencia acomodada y estable y alto funcionario, compra casas y conoce a Francisca Muñoz, en casa de cuyos padres se hospeda su amigo José Antonio Conde y con la que no llegará a casarse a pesar de sus relaciones indudablemente afectuosas.

En lo que a teatro se refiere, la situación se ha hecho más favorable que antes del viaje al extranjero; varios partidarios de las ideas estéticas profesadas por Moratín y sus colegas se han sucedido en el mando, y el 21 de noviembre de 1799 se crea una junta de dirección de los teatros para reformar la escena en función de dichas ideas y de la ideología reformista que las subtiende, nombrándosele director a don Leandro. Entonces se prohíbe la representación de muchas comedias del Siglo de Oro —ya poco taquilleras por cierto— tenidas por moralmente perjudiciales, la de las llamadas comedias de magia, muy populares por ser de gran espectáculo, y se aumenta el precio de las localidades para eliminar a las capas laboriosas más desfavorecidas. Pero tarda muy poco Moratín en dimitir, y a principios de 1802 se suprimen las principales prerrogativas de la junta.

Un año antes ya tenía concluida su obra maestra, *El sí de las niñas*. En 1803 se estrena *El barón,* ya convertida en comedia, y tiene que sufrir una grita por parte de los adversarios de Moratín, o, lo cual viene a ser lo mismo, de la efímera junta. Al año siguiente le toca el turno a *La mojigata,* otra comedia, escrita desde unos quince años atrás, y por último, se publica en 1805 y se representa por primera vez en 1806 EL SÍ DE LAS NIÑAS, el mayor éxito de la época, y también última produccion original del autor, quien, a los cuarenta y seis años, tiene la sensación de haber agotado su inspiración.

La guerra de la Independencia, al sobrevenir en 1808, va a torcer el curso de los acontecimientos para muchos españoles. Moratín, como reformista que era, como funcionario del estado también, se conformó con el cambio de dinastía, haciéndose partidario del Intruso, mejor dicho, de la forma de gobierno que éste encarnaba teóricamente, más progresista que el antiguo régimen al par que mantenedora del orden frente a las masas inquietas y más que nunca temidas. De su actitud ante la llegada del «regenerador» de España da buen testimonio el prólogo de don Leandro a una fracasada edición del *Fray Gerundio,* del padre Isla. Época de desorden e inestabilidad, poco grata a Moratín, a quien se nombró en 1811 bibliotecario mayor de la Biblioteca Real. En 1812, se representa en el Teatro del Príncipe su traducción-arreglo del admirado Molière, *La escuela de los maridos*. El 10 de agosto tiene que abandonar Madrid con el convoy que se va retirando hacia Valencia, en donde vivirá algún tiempo, encargándose de la publicación del *Diario* de dicha ciudad con su amigo Pedro

Estala. Evacuada Valencia en 1813, se refugia en Peñíscola; vuelve a Valencia después de promulgados los decretos de Fernando VII relativos a colaboradores del poder intruso, pero se le embarca en una goleta con destino a Francia por Barcelona. En la ciudad condal se le deja vivir libre hasta la conclusión feliz de su juicio de purificación.

En Barcelona representa *El médico a palos,* arreglo de *Le médecin malgré lui,* de Molière, el año de 1814. Pero, deseoso de marcharse a Italia, pasa la frontera francesa con pretexto de ir a tomar los baños de Aix, llegando a Montpellier, y luego a París, donde vive dos años con su amigo Melón. Pasa por fin a Bolonia y no regresa a España hasta el trienio constitucional, viviendo de nuevo en Barcelona, en compañía de su amigo y luego apoderado Manuel García de la Prada, ex corregidor de Madrid durante la ocupación francesa. Publica las *Obras póstumas* de su padre; pero aún no ha terminado su vida azarosa: una epidemia le obliga a salir de la ciudad, pasando a Burdeos, donde viven varios refugiados, entre ellos el ex alcalde de Casa y Corte Manuel Silvela, que dirige un establecimiento de enseñanza para españoles. A la casa de éste se traslada al poco tiempo don Leandro, y con los Silvela va a vivir los últimos años de su existencia, trabajando en la edición de sus *Obras sueltas* y sus *Orígenes del teatro español,* y asistiendo con la regularidad de siempre al teatro de la ciudad.

A fines de 1825 sufre un reblandecimiento cerebral, perdiendo mucha de su antigua alegría, según su biógrafo Silvela. El mismo año se publica la edición parisiense de sus *Obras dramáticas y líricas* por Auguste Bobée, de la que procede el texto de las dos comedias que publicamos en este volumen. En 1827, los Silvela se trasladan a París, y Moratín hace heredera de sus bienes a la nieta de Silvela, marchándose él también poco después a la capital francesa para reunirse con ellos. Allí murió en la madrugada del 21 de junio de 1828, el mismo año que su amigo Goya.

El teatro en Madrid a fines del siglo XVIII

Había tres teatros, también llamados corrales o coliseos, en el Madrid de finales del siglo XVIII y principios del XIX: el de los Caños del Peral, especializado más bien en la representación de óperas, y los entonces calificados de nacionales, es decir, el del Príncipe y el de la Cruz, en los que se ponían en escena la mayoría de las obras dramáticas. En cada uno de los dos últimos podían caber poco menos de dos mil espectadores, repartidos entre distintos sectores en función del precio de la entrada, que instituía cierta discriminación, la cual a su vez reflejaba la división de la sociedad madrileña, o al menos de la parte de ella que acudía al teatro, ya que no en clases, sí en distintos grupos o sectores diferenciados social y económicamente. Las localidades más caras eran los asientos de luneta (equivalentes a las primeras filas de butacas de patio en la actualidad), y los tres órdenes de aposentos, palcos en los primeros años del siglo XIX, en los que estaban mezclados los sexos —a diferencia de lo que ocurría en los demás sectores— porque se podían reservar por entero, por ejemplo para una familia. La parte más barata la constituían el patio y las gradas. En el patio, mejor dicho, en lo que entonces se llamaba patio, esto es, detrás de los asientos de luneta, casi todos los espectadores presenciaban la función de pie y eran todos del sexo masculino; entre ellos figuraban los temidos mosqueteros, gente inquieta y pronta en enardecerse, entre la que que se reclutaba la claque, y cuyo vocerío podía convertir un estreno en éxito o en fracaso. Las gradas estaban alrededor del patio y debajo de los aposentos primeros. La cazuela era un palco grande situado al fondo de la sala; unía los dos arcos de las gradas, las cuales quedaban divididas en grada derecha y grada izquierda; en la cazuela asistían exclusivamente las mujeres, cuyo número oscilaba entre trescientas cincuenta para el Teatro de la Cruz y cuatrocientas cincuenta para el del Príncipe.

En 1792, fecha del estreno de LA COMEDIA NUEVA, la entrada al patio, la más barata de todas, costaba 15 cuartos, o sea, poco menos de dos reales (1 real = 8 cuartos y medio = 34 maravedises) para ver una comedia «sencilla», es decir, sin puesta en escena costosa; en las mismas condiciones se cobraban 6 reales para el asiento de luneta. Los días de comedia «de teatro», es decir, provista de una decoración importante, a veces con intervención de tramoyas, pagaba el mosquetero 2 reales, y el de la luneta 8. La mujer de la cazuela necesitaba en ambos casos respectivamente 22 y 25 cuartos (alrededor de 3 reales). Después de la reforma de 1800 y hasta el estreno de EL SÍ DE LAS NIÑAS, el precio de la entrada, abolidas ya las distintas categorías de comedia o las dos clases de entradas, asciende a 12 reales para la luneta, a 3 reales y 6 maravedises para la cazuela, y a 2 reales y 8 maravedises para el patio. Si queremos formarnos una idea de lo que representaban esas sumas con relación a un presupuesto familiar, recordemos que en los años ochenta, los 6 reales de un asiento de luneta equivalían a la mitad del jornal del oficial de joyero Moratín, y que éste se hubiera gastado las tres cuartas partes de él al ver representar una comedia de teatro; por ello no deja de señalar el joven escritor en su diario íntimo los días en que la generosidad de su tío le permite desechar el patio, que costaba tanto como dos libras de pan, para pagarse un asiento de palco, como antes hacía su padre, y como él había de hacer también años más tarde, después de su ascenso a alto funcionario.

Los testimonios de los contemporáneos confirman la discriminación económicosocial realizada por los aranceles antes citados. Las lunetas y los aposentos son en 1785, según el corregidor Armona, que, como juez protector de los teatros, ejercía su autoridad sobre el escenario y los actores, «las partes que siempre se ocupan por la Nobleza y el Pueblo rico», por los representantes de las clases acomodadas; en cambio, añade, «la mayor parte de la cabida y la más barata está dada al Pueblo bajo»; cuando Moratín se vale de la metonimia desdeñosa: «el patio», no cabe duda de que se refiere a la fracción popular del concurso, la que menos posibilidades económicas tiene. Ni que decir tiene que los domingos y días festivos solían acudir más numerosos los madrileños, debido al cese del trabajo. El responsable del orden era un alcalde de Casa y Corte, magistrado perteneciente al Consejo de Castilla, el cual trataba, llegado el caso, de oponerse a las cábalas o apaciguar los altercados entre aficionados a tal cual cómica o partidarios (apasionados se les llamaba) de cada compañía, los célebres «chorizos» y «polacos», cuya rivalidad acabó con el siglo y la reforma de los teatros.

La función se componía de una comedia, un entremés (representado entre la primera y la segunda jornada de la comedia, y suprimido a partir de 1780, sustituyéndolo una tonadilla) y un sainete (entre la segunda y la tercera jornada), al que podía seguir una tonadilla, de manera que la mayor o menor concurrencia de los madrileños reflejaba el interés suscitado por un conjunto, si bien las más veces era determinante la comedia puesta en cartel.

Los textos, comprados por los cómicos, se examinaban previamente por la censura eclesiástica y la gubernativa, la última bajo la responsabilidad del corregidor, e incluso a veces podía modificar tal o cual pasaje el «autor», esto es, el director de la compañía, para no exceder los límites del tiempo

disponible o por motivos personales. Los actores
eran en efecto los verdaderos dueños de los teatros en
lo que a elección de dramas se refiere, y tenían interés
en dar acogida a las obras y géneros preferidos de la
mayoría del público, por la sencilla razón de que su
ganancia era función del número de entradas. Se dio
el caso, no sólo en LA COMEDIA NUEVA, de Moratín
sino también en la realidad histórica, de tal o cual
escritor que trabajaba a destajo para una compañía.
Un dramaturgo cobraba entonces unos 1.500 reales
por comedia de teatro, de manera que le era preciso
escribir ocho o diez obras al año para salir de apuros
financieros; de ahí la productividad de algunos, la
cual contrasta con el modesto balance de la mayor
parte, por no decir la totalidad, de los neoclásicos,
entre ellos el propio Moratín, autor de cinco obras
originales escasas. Por ello le costó a don Leandro
bastante trabajo conseguir que se representase su
primera comedia, *El viejo y la niña,* poco parecida a
las que suscitaban el entusiasmo de sus convecinos.

¿Cuáles eran, pues, las obras más aplaudidas por
aquellos años?

Las preferidas del público son indudablemente las
comedias de teatro, bajo cuya denominación se reú-
nen varios géneros, a primera vista bastante distintos,
pero al fin y al cabo fundamentalmente afines si nos
atenemos a las motivaciones, a la psicología, del
público que asiste a la función. El teatro, esto es, la
decoración de una de estas obras podía costar hasta
6.000 reales, y a veces más; así el de la segunda parte
de *El mágico de Salerno* en 1796, y eso que se trata de
una comedia escrita en la primera mitad del siglo. En
cambio, para el estreno de *El viejo y la niña* se
gastaron 700 reales escasos en 1790. Entre las comedias de teatro, la primera de todas es incuestionable-
mente la comedia de magia, cuyo éxito no se desmiente en todo el siglo; desde los primeros decenios
destacan las dos más famosas, representadas hasta

finales de la época que estudiamos: *Marta la Romarantina,* de Cañizares (1716), y *El mágico de Salerno, Pedro Vayalarde,* de Salvo y Vela (1715). La extraordinaria acogida dispensada a estas obras suscita una serie de continuaciones o partes y despierta no pocas vocaciones entre los comediógrafos de la segunda mitad del siglo. La puesta en escena es aparatosa, la intervención de la maquinaria frecuente, se representan prodigios, batallas, los protagonistas vuelan por los aires o se hunden bajo tierra, se evaden milagrosamente, evolucionan por encima del escenario carros, naves, incluso palacios o montes, aparecen ninfas, monstruos, figuras mitológicas. En los períodos de mayor disponibilidad de los madrileños, esto es, antes de la Cuaresma y para Navidad, se solían poner generalmente comedias de magia, que producían cuantiosas recaudaciones. Poco antes de la guerra de la Independencia, el gusto por esta clase de obras sigue tan fuerte como en los decenios anteriores.

De creación más moderna eran las comedias «militares», variedad de comedia heroica (esto es, a diferencia de las de capa y espada o la mayoría de las de figurón, con personajes de la alta sociedad). Eran casi tan concurridas como las de magia. Lo que atraía al público era el espectáculo, la multiplicidad de los lances, batallas, desfiles, revistas, sitios, ejecuciones, representados con el mayor realismo posible. La lista de los títulos es una verdadera galería de conquistadores: Alejandro, Catalina de Rusia, Pedro el Grande, Leopoldo el Grande, Luis XIV, Gustavo Adolfo de Suecia, Carlos V, Tito o Solimán. Un periódico de la época, el *Memorial Literario* de junio del 87, elogiaba irónicamente aquellas obras en que los dramaturgos dejaban largas y minuciosas acotaciones destinadas a la puesta en escena, consiguiendo «disponer una batalla en cada jornada, con el aparato de trincheras, estacadas, cañones y morteros, que aturdan las orejas a estampidos y diviertan la vista con fuegos de artificio», hasta tal punto que, según Moratín, el humo iba llenando el ámbito del teatro. Se puede citar entre los más destacados autores a Zavala y Zamora, cuyo *Carlos XII, rey de Suecia,* con sus dos continuaciones (1786-1787) es la obra más representativa en este género. Comella debe parte de su fama a la sátira que hizo Moratín de su comedia heroica *El sitio de Calés* en LA COMEDIA NUEVA, pero es indudable que las tres partes de su *Federico II* fueron muy taquilleras, así como otras obras suyas del mismo género, *Catalina II, emperatriz de Rusia,* o *Pedro el Grande, zar de Moscovia.* En no pocas comedias de este tipo, si bien no faltan los tópicos del diálogo y de las empresas amorosas de las del siglo anterior, se introduce el elemento sentimental, característico de las situaciones patéticas propias de las contemporáneas comedias lacrimosas.

Al género sentimental, que adquirió carta de ciudadanía con la publicación de *La razón contra la moda,* traducción de *Le préjugé à la mode,* de Nivelle de la Chaussée por Ignacio de Luzán (1751), pertenece la obra de Jovellanos, *El delincuente honrado* (1773), comedia seria en prosa, en que las lágrimas y el patetismo, argumentos de tipo afectivo, refuerzan la argumentación jurídica de un magistrado ilustrado y filósofo que critica la aplicación literal de la ley contra el duelo, por la que se exponía el provocado a la misma pena, la muerte, que el provocante. Sin embargo, las comedias sentimentales que tuvieron más éxito fueron sobre todo las que dentro de esta nueva modalidad planteaban un problema matrimonial, en particular el de un matrimonio contrariado a consecuencia de la desigualdad social de los novios; y el comportamiento patético del héroe o de la heroína, los desmayos, las lágrimas, eran los argumentos afectivos, no discursivos, digamos, y por lo mismo, difíciles de contradecir de manera racional, que se oponían a la tradición vigente de la impermeabilidad de las clases, de manera que el elemento «larmoyant» permitía la protesta contra un determinado estado de cosas sin que se llegara a formular abiertamente una ideología subversiva. Las más veces, por cierto, el descubrimiento final de la noble estirpe del novio o de la novia supuestamente pechera venía a armonizar el deseo de promoción del no noble (tanto en el escenario como en el público) con la referida tradición y las disposiciones gubernamentales encaminadas más que nunca a cerrarles el paso a los pecheros deseosos de acceder a la hidalguía. Como era natural, ese descubrimiento, ese reconocimiento tópico, se había ido convirtiendo para los dramaturgos como para el público de mera justificación, de mera «legalización» a posteriori del amor de dos jóvenes socialmente desiguales, en consecuencia obligada de este amor. *El barón,* de Moratín, trató a su manera, y naturalmente sin éxito, de contener esa ola de aspiraciones. Del ya citado Zavala y Zamora, se pueden mencionar *Las víctimas del amor* (1788); de Comella, las dos partes de la *Cecilia* (1786-1787); de Rodríguez de Arellano, *Cecilia y Dorsán* (1800), adaptada del francés. Una de las obras más representativas del género es la traducción, realizada por Dionisio Solís, de la versión francesa de un drama alemán, *Misantropía y arrepentimiento,* de Kotzebue, cuya heroína, arrepentida de un adulterio y dedicada, para pagar su culpa en el anonimato, a unos quehaceres inferiores a los de su clase verdadera, llega a conseguir el perdón de su esposo, barón de Menó, en una entrevista en la que no falta ninguno de los ingredientes lacrimosos. No fue casualidad el que la cazuela del teatro alcanzara un porcentaje de ocupación mayor que el de las demás localidades: dada la situación jurídica y social de la mujer de la época, aquello constituía, todo bien mirado, un alegato más o menos indirecto a favor de una mayor autonomía del bello sexo, mientras los portavoces de la ideología oficial seguían clamando

contra la «relajación» de las costumbres en los solte-
ros y casados y las leyes trataban de salvaguardar la
autoridad de los cabezas de familia, padres o esposos,
frente a una incipiente emancipación de la mujer. Por
otra parte, la adopción del género patético en las
tablas equivalía a poner en tela de juicio la tradicio-
nal separación entre tragedia y comedia, respectivamente reservadas para príncipes y próceres la primera, y para personas particulares la segunda, y por lo
mismo reflejaba en cierta medida, a nivel de la
estética dramática, una aspiración a imitar a la alta
sociedad a partir de criterios ideológicos nuevos. En
una sátira de la *Misantropía* que Andrés Miñano
intituló sintomáticamente *El gusto del día* (1802) una
madre de familia muestra tanta afición a las comedias patéticas que llega a asimilarse a la heroína de
Kotzebue, creyéndose culpable de un adulterio imaginario y pidiéndole perdón a su esposo; además, trata
de evadirse de su clase media imitando el comportamiento de las «damas del gran tono», y cae naturalmente en las redes de un fingido marqués (recordemos al «barón», protagonista de una comedia de
Moratín) que finge los modales del gran mundo y se
muestra admirador incondicional de Kotzebue porque, dice, «sólo es dado a las almas grandes el saber
morirse de pura sensibilidad». Se ve, pues, cómo la
moda de la comedia lacrimosa tiende a confundirse
con un ansia de promoción que explica la frecuencia
del casamiento desigual en las obras más concurridas.

En esta enumeración de los géneros que más cauti-
vaban al público madrileño, no se debe olvidar el
lírico, que se fue popularizando paulatinamente, saliendo de los estrechos límites del teatro de los Caños
del Peral para extenderse a los dos teatros «nacionales». Muchas óperas de los italianos Metastasio,
Zeno, y de otros se adaptaron, sobre todo en forma
de zarzuelas, sobresaliendo en estas tareas varios
dramaturgos, entre ellos el ya citado Comella; el

sainetista Ramón de la Cruz se granjeó mucha fama con sus zarzuelas originales, y no será de más añadir que el propio Moratín, si bien a regañadientes y a petición de una ilustre dama, fue capaz de llevar a cabo la redacción del libreto de una obra de esta clase, *El barón,* que más tarde convirtió en comedia. De todas formas, la música desempeña un papel importante en muchísimas comedias, empezando por las de magia más antiguas, de manera que a veces resulta difícil diferenciar una zarzuela de la que llaman comedia de música; y no hablemos de la imprescindible tonadilla con que podía concluir el sainete y que se fue alargando para complacer al público aficionado hasta convertirse en una especie de zarzuela en miniatura.

Por último, se tienen que mencionar los intermedios que, como se ha dicho, representaban entre las jornadas de la comedia, y que, en la época que estudiamos, eran los famosos sainetes, obras teatrales cortas que inmortalizó Ramón de la Cruz y que le inmortalizaron a él; en dichas obritas aparece una galería pintoresca de tipos populares o de la clase media, majos, manolos, pícaros, abates, hidalgos, cortejos, petimetres, que se enfrentan unos con otros creando un ambiente de comicidad y donosa crítica de costumbres.

Pero al lado de las obras o géneros dramáticos más atractivos que acabamos de evocar se representa una multitud de comedias, ya sea antiguas o modernas, que producen recaudaciones regulares o medianas, quedando de repertorio y reapareciendo con cierta regularidad a lo largo del período que nos interesa. Entre ellas se advierte cierta proporción de comedias del Siglo de Oro, con predominio de las de Calderón, a quien se sigue considerando maestro prestigioso y modelo de comediógrafos desde un punto de vista técnico e idiomático, aunque en lo que a ideología se refiere, unos le tienen por francamente inmoral, otros en cambio por campeón de los valores hispanos.

Entre los primeros, esquemáticamente, se sitúan en su mayoría los partidarios del neoclasicismo, pertenecientes a la intelectualidad ilustrada; entre los segundos, los españoles más bien adictos a la tradición aristocrática.

Durante los últimos decenios del siglo XVIII menudean los intentos de promover un teatro clásico, es decir, conforme a las reglas estéticas heredadas de la Antigüedad y del Renacimiento y superadas por el formidable empuje de la nueva fórmula de Lope de Vega y sus seguidores en el Siglo de Oro. La mayoría de los comediógrafos del setecientos sigue más o menos fiel a esa fórmula, mejor dicho, a sus últimos avatares, pero la anterior, ilustrada por los franceses en el siglo XVII y por lo mismo calificada equivocadamente de extranjera por sus adversarios, va cobrando poco a poco importancia a partir de los años sesenta, gracias a una serie de tragedias, no muy taquilleras, conviene confesarlo, cuyos autores figuran entre los más destacados de aquel fin de siglo: Moratín padre *(Hormesinda, Guzmán el Bueno),* Jovellanos *(Munuza),* Cadalso *(Sancho García),* García de la Huerta *(Raquel;* esta obra observa las reglas clásicas para desafiar en su propio terreno a los partidarios de ellas, pero es tal vez la mejor tragedia de la época) y Quintana *(Pelayo).* En la comedia clásica, o neoclásica según se la suele llamar, se ilustraron Moratín padre *(La petimetra)* y sobre todo Iriarte *(El señorito mimado, La señorita mal criada),* y, por último, Leandro Fernández de Moratín con sus cinco comedias originales ya mencionadas.

«LA COMEDIA NUEVA»

LA COMEDIA NUEVA se estrenó el 7 de febrero de 1792 en el Príncipe por la compañía de Eusebio Ribera. El apelativo de «comedia nueva» se daba, como es lógico, a una obra que se publicaba o representaba por primera vez, en oposición a las «antiguas», esto es, las del Siglo de Oro, y las de repertorio, estrenadas en fecha anterior; pero, para satisfacer la demanda del público de los años noventa, muchos dramaturgos «populares» abastecían los entonces llamados coliseos con obras preferentemente de gran espectáculo, denominadas «comedias de teatro», entre ellas muchas comedias que hemos calificado de militares, o también heroicas, en las que, según se ha dicho, se concedía mucha importancia a lo espectacular. *El gran cerco de Viena,* «comedia nueva» del protagonista de la obra moratiniana, el poetastro don Eleuterio Crispín de Andorra, es justamente una comedia de este tipo, pues en ella se ofrecen, según dice un personaje, «más de nueve lances [...] un desafío a caballo por el patio, tres batallas, dos tempestades, un entierro, una función de máscara, un incendio de ciudad, un puente roto, dos ejercicios de fuego y un ajusticiado».

En el prólogo de la primera edición, don Leandro escribía: «Esta comedia ofrece una pintura fiel de nuestro teatro», advirtiendo unos años más tarde, a propósito de uno de los protagonistas: «Don Eleuterio es en efecto el compendio de todos los malos poetas dramáticos que escribían en aquella época, y la comedia de que se le supone autor, un monstruo imaginario compuesto de todas las extravagancias que se representaban entonces»; y en las notas que dejó manuscritas y fueron redactadas hacia 1807 constan los títulos de las comedias que fueron blanco de su sátira, entre ellas algunas de Comella y Zavala y Zamora, e incluso se transcriben los pasajes de aquellas que imitaba, para demostrar la oportunidad de su crítica y justificarla. Don Leandro era en efecto consciente del carácter circunstancial de su obra, escrita para luchar contra una determinada fórmula dramática e inseparable de las otras sátiras suyas

—como la ya citada *Lección poética,* y *La derrota de
los pedantes* (1789)— o de algunos de sus antecesores
o contemporáneos, como las *Exequias de la lengua
castellana,* del también citado Forner, y otras muchas
de aquel siglo polémico que fue el XVIII. El caso es
que uno de esos «pedantes», llamado en LA COMEDIA
NUEVA don Hermógenes, fue considerado en la época
retrato bastante fiel de un adversario literario de
Moratín, el mallorquín Cristóbal Cladera, escritor y periodista que había publicado dos años antes,
a raíz del estreno de *El viejo y la niña,* un análi-
sis poco favorable de esta primera obra del dramaturgo.

Con don Hermógenes forma en cierto modo pareja
literaria don Eleuterio, personaje en quien se dio por
aludido el comediógrafo Comella, tratando incluso
de oponerse al estreno por medio de una protesta al
Consejo de Castilla, que fue desatendida. En 1792, el
fecundo Comella era ya un autor conocido y aprecia-
do del público, el cual había acudido numeroso a ver
representar las dos *Cecilias,* la *Jacoba,* las dos primeras partes del famoso *Federico II;* la comedia nueva
que se satirizaba más particularmente en la obra
moratiniana era *El sitio de Calés,* heroica, estrenada
en 1790, y cuyo título recuerda indudablemente el del
parto del menguado ingenio de don Eleuterio: *El
gran cerco de Viena.*

El mismo don Leandro ha explicado muy bien los
motivos que le impulsaron a burlarse del estilo de los
Comellas y Zavalas. Lo que censura fundamentalmente en las obras de esos autores es lo que a él le
parece acomodación a la mentalidad popular, al
gusto del pueblo, de los afectos y sentimientos, incluso del estilo, de los héroes de tragedias, o sea, de los
poderosos, por lo que se incurre —repetimos que
según Moratín y los que entonces comparten sus
ideas— en un riesgo de ver difundirse una imagen
demasiado familiar de las clases rectoras, y por lo

mismo, de ofrecer a los gobernados un pernicioso ejemplo incitándoles a perder de vista los límites que les tiene fijados el decoro, mejor dicho, el orden establecido. Por algo ideó, en efecto, Moratín a su don Eleuterio como hombre de modesto origen, que trabajó algún tiempo en un despacho de billetes de lotería, luego fue paje, y por último se halla sin empleo, por lo cual se pasa el tiempo pensando en cómo va a salir de apuros y alimentar a su familia con el esperado éxito de su comedia, o sea, despachando su mercancía teatral. La confesión de las preocupaciones rastreras por el dramaturgo fallido no deja de recordar las de tal o cual de sus héroes, o de los héroes de Comella: las de Treslow, por ejemplo, quien después de perder su grado de coronel a consecuencia de una calumnia en el famoso *Federico II,* vive en la pobreza y anda preocupado por la búsqueda del sustento cotidiano con el sudor de su frente; sus chiquillos le hacen eco gimiendo de hambre, su esposa también perece de inanición, igual que pudiera ocurrirle a una «familia indigente», según reza el título de otra obra de Comella o según ocurre en la silbada comedia de don Eleuterio. Dicho de otro modo, Comella-Eleuterio, o Eleuterio-Comella, traspone sus humildes problemas a una esfera en la que, convencionalmente, no tienen curso oficial, la de la «clase rica y propietaria» (según dijera Jovellanos), cuyos héroes trágicos no podían rebajarse a esa clase de menudencias. Lo que quiere mostrar Moratín es la fuerza de cierto determinismo según el cual «aunque se viste de seda, la mona mona se queda», es decir, que por mucho trabajo que se tome el «espontáneo» don Eleuterio en calzar el coturno trágico, no podrá desmentir su pertenencia a la masa laboriosa, de la que nunca debió salir. Así se explican los numerosos pormenores acerca de las coordenadas socioeconómicas del dramaturgo novel. Y la consecuencia es que al hablar de los protagonistas de su obra, don Eleuterio

se expresa como si se tratara de personas particulares
o de uno héroes de la clase media, es decir, de
comedia sencilla. Oigámoslo:

> ... El emperador está lleno de miedo por un papel
> [...] El visir está rabiando por gozar de la hermosura
> de Margarita [...]; pues, como digo, el visir está loco
> de amores por ella; el senescal, que es hombre de bien
> si los hay, no las tiene todas consigo, porque sabe
> que el conde anda tras de quitarle el empleo, y
> continuamente lleva chismes al emperador contra él.

En las notas a LA COMEDIA NUEVA, Moratín,
valiéndose de una comparación entre un pasaje de la
Numancia destruida, tragedia de Ayala, y otros de
varias comedias heroicas, entre ellas *El sitio de Calés*,
muestra la diferencia entre el estilo trágico «legítimo»
y la «degeneración» popular a que ha llegado en las
últimas según él:

Véase, antes de todo, de qué manera se pinta el hambre
de Numancia en la expresada tragedia:

> Ya su noble recinto muestra sólo
> calles desiertas, pueblo arruinado,
> vestigios de que fue, sitios cubiertos
> de horribles huesos; ya sólo escuchamos
> lastimosos quejidos del que muere,
> o súplicas feroces de los raros
> moribundos vivientes que amedrantan
> con su pálido aspecto...
>   ¿A quién no asombra
> ese implacable azote de los hados,
> esa rabiosa hambre que insaciable,
> todo mantenimiento devorando
> de los hombres, convierte las raíces,
> yerbas, hojas, broqueles y caballos
> en gustoso alimento? El cielo ha visto
> con horror a tus gentes en el campo
> inquirir vigilantes donde encuentren
> cadáveres horribles de contrarios,

> para saciar su furia: el niño tierno,
> su triste madre, jóvenes y ancianos,
> despiden entre lánguidos suspiros
> el fatigado aliento. El inhumano
> soldado que gustó la carne humana,
> feroz la busca, y sin horror ni espanto,
> mata y con el cadáver se alimenta.
> Todo es furor...

Luego copia el pasaje correspondiente de varias obras, concluyendo con el de la obra de Comella, en que se declama lo siguiente:

> Bien conozco que las fieras
> fatalidades de un cerco
> dilatado, que el afán
> de manejar el acero
> y el escudo; que el dolor
> que padecen vuestros pechos,
> cuando al rigor de la lanza,
> cuando de la hambre al esfuerzo
> veis morir en vuestros brazos
> al padre, al marido, al deudo;
> que el ver que ha más de tres meses
> que es vuestro único alimento
> el desabrido caballo,
> el can, el inmundo insecto,
> y que ha dos días que estáis
> de este alivio careciendo;
> vuestra terneza y constancia,
> vuestro brío y sufrimiento
> se habrán del todo apurado;
> lo conozco muy bien, pero...

Por último, imitando con retintín el tono familiar que usa don Eleuterio al referirse al emperador y a su séquito, comenta don Leandro:

> Esta madama Margarita, aunque no sabía sintaxis castellana, era una mujer muy prudente, y se hacía cargo de que tiene demasiada razón de renegar de su

fortuna el que en tres meses no ha comido más que
caballo desabrido y carne de can y de insectos
inmundos.

Don Eleuterio —concluye— «imitó como pudo el
hambre numantina, y la puso en coplas de ciego, ni
más ni menos que otros lo hacían». Es decir, que en
vez de la majestuosidad de los endecasílabos y de la
resonancia épica de la evocación de Ayala, Comella
se queda al nivel de una relación prosaica de la
escena en octosílabos de romance que quita vuelo al
drama evocado, y por consiguiente a los protagonistas de ella. Para quien piensa que una de las funciones de la tragedia es acreditar la idea de una diferencia de naturaleza entre el mundo de los gobernantes y
el de los gobernados, don Eleuterio, como su modelo
Comella, no está en la línea de la propaganda ideológica destilada por el teatro neoclásico, al menos tal
como lo deja representar la censura gubernamental.
El problema no está en si los protagonistas de tragedias clásicas tienen verosimilitud en el sentido de
fidelidad a los personajes históricos a quienes representan; tampoco reside en una supuesta falta de
correspondencia entre los de las comedias heroicas de
Comella y los próceres de carne y hueso cuyo papel
desempeñan. Moratín, al igual que Comella y sus
semejantes por cierto, piensa que los nobles y príncipes no se pueden ni deben expresar en las tablas
como unos súbditos cualesquiera de Su Majestad;
pero la diferencia entre unos y otros consiste en que,
en opinión de Moratín, don Eleuterio-Comella conci-
be la «nobleza» a través del prisma de sus preocupaciones cotidianas y de su mentalidad rastrera y aple-
beyada, lo cual, adviértase, no dista mucho de cierto
terrorismo intelectual y estético de que se valieron a
lo largo del siglo XVIII muchos partidiarios de las
luces, acérrimos enemigos del «vulgo de todas clases»
que no pensaba como ellos; pero téngase también

presente que no se desdeñaron de usar esta clase de
armas en sus polémicas los que defendían la «tradición» aureosecular contra el clasicismo «extranjeri-
zante» en nombre del amor a la patria. Para ayudar-
nos a comprenderlo mejor, recordemos cómo casi
dos siglos antes, los personajes de un entremés cer-
vantino aplaudían las supuestas maravillas de un
retablo para no quedar con nota de cristianos
nuevos.

La comedia moratiniana concluye con la imagen
de una jerarquía reconstituida tanto social como
estéticamente: al escribiente metido a dramaturgo se
le ha convencido de renunciar a su pretensión, porque la humildad de su oficio y la falta de estudios
(don Eleuterio es, según la etimología del nombre,
símbolo de la *libertad* con relación a las sacrosantas
reglas clásicas) no le destinaban a la gloria escénica.
Por la misma razón menciona desdeñosamente Moratín el oficio de sastre ejercido en la primera mitad
del siglo por Salvo y Vela, autor del celebérrimo
Mágico de Salerno, y se atribuye a otro sastre, entonces oficio vil, la comedia silbada *El monstruo más
espantable del ponto de Calidonia* en el acto segundo
de la obra que vamos analizando. Concepción clasis-
ta si la hay. Por otra parte, gracias a la generosidad
del rico (y neoclásico) don Pedro, en cierta medida
portavoz de Moratín y de los reformadores del teatro, don Eleuterio halla, como diríamos hoy, un
nuevo puesto de trabajo, subalterno naturalmente,
pero que le permitirá vivir con decencia. En cuanto a
la esposa del seudopoeta, doña Agustina, que también, para ayudar al marido en la composición de sus
dramas, se dedica a lo que no es de su incumbencia,
llegando a proferir la «barbaridad» de que para las
mujeres instruidas es un tormento la fecundidad y a
despreciar las tareas domésticas por «viles y mecáni-
cas», algún parecido presenta, teniendo en cuenta la
diferencia de nivel, con la mujer del protagonista de

El sitio de Calés, Margarita, la cual tiene un comportamiento guerrero que desmiente su sexo, teóricamente débil y sumiso (en el marco de la concepción dieciochesca, ocioso es decirlo), invirtiendo implícitamente la jerarquía familiar y reivindicando de manera explícita la igualdad con los hombres en lo que a valentía se refiere. En el desenlace de *La comedia nueva* se le aconseja, como era de esperar, que vuelva a ocupar el puesto que se le tiene asignado en el hogar, es decir, que «si cuida bien de su casa, si cría bien a sus hijos, si desempeña como debe los oficios de esposa y madre, conocerá que sabe cuanto hay que saber y cuanto conviene a una mujer de su estado y obligaciones».

Pero, se dirá, ¿cómo es posible que el público del teatro en que se representa la obra de don Eleuterio arme una bronca en vez de aplaudir, ya que se trata de una comedia acomodada a las preferencias de la mayoría? En la medida en que Moratín consideraba, con razón, que el público era juez supremo en asuntos de teatro, y criticaba, a través de *El gran cerco de Viena*, un tipo de comedia particularmente popular, no tenía más remedio que presentarlo unánimemente reprobado, es decir, impopular. Era una conclusión lógica, si bien no conforme a la realidad. En efecto, el estreno de LA COMEDIA NUEVA fue tan bochornoso como el de *El gran cerco de Viena* de don Eleuterio, pero con la particularidad de que la obra de Moratín fue abucheada por la fracción más popular del concurso, el cual —animado por unos alabarderos juiciosamente dispuestos en la sala— no pudo aguantar largo tiempo la áspera lección que se le daba desde las tablas. El caso es que la obra, estrenada, como se ha dicho, el martes 7 de febrero de 1792, permaneció en cartel hasta el domingo 12 inclusive, en total seis días escasos, con unas recaudaciones moderadas (la entrada fue, excepcionalmente, la que se cobraba para las comedias de teatro), y que el público de las localidades más baratas, el que manifestó descontento, no acudió numeroso a verla. Las obras de Comella siguieron representándose con tanto éxito como antes.

El propio Moratín tuvo conciencia de que su comedia, por criticar una situación históricamente determinada, había de ir perdiendo parte de su interés para las generaciones sucesivas de aficionados, pero no para los que la considerasen como testimonio histórico acerca del estado del teatro en los dos últimos decenios del siglo XVIII. Por otra parte, el autor ponía en práctica las famosas reglas cuya observancia propugnaba como partidario que era de la técnica clásica, localizando la escena en un solo lugar, un café contiguo al teatro (de ahí el subtítulo de *El café* que a veces se da a la obra), y haciendo coincidir la duración aparente de su comedia con la que necesitaba su representación en las tablas, es decir, según puntualizaría él mismo, de las tres y media de la tarde a las cinco y cuarto, con el fin de conseguir la mayor verosimilitud. Por último, LA COMEDIA NUEVA está escrita en prosa, como más tarde EL SÍ DE LAS NIÑAS, y esta prosa, castiza, ágil, natural y elaborada a la vez, según correspondía a una obra dramática tal como la concebía don Leandro, es, como se ha escrito atinadamente, la prosa de la clase media, una prosa modélica para los escritores del siglo siguiente.

«EL SÍ DE LAS NIÑAS»

EL SÍ DE LAS NIÑAS, concluida en 1801, se publicó por primera vez en 1805 y se estrenó en el Teatro de la Cruz el 24 de enero de 1806; duraron las representaciones hasta el 18 de febrero inclusive, es decir, veintiséis días seguidos, cosa totalmente excepcional entonces, pues ni las comedias de magia habían llegado a tanto; además, a diferencia de lo que solía ocurrir al cabo de algunas sesiones, la curva de las recaudaciones diarias que produjo la obra es de una regularidad notable, de manera que pudo escribir el periódico contemporáneo *Minerva*: «En los últimos días en que creí se hubiese ya calmado el entusiasmo, observé no obstante que era igual que al que me dijeron hubo en los primeros días.» EL SÍ DE LAS NIÑAS se hubiera mantenido en efecto más tiempo en cartel a no sobrevenir la Cuaresma, y por consiguiente, el fin de la temporada, que impuso el cierre anual de los teatros a partir del 19 de febrero. Por otra parte, la curva de ocupación de las localidades más caras oscila siempre entre el 90 y el 100 por 100; la de las medianas o baratas, si bien es más irregular, muestra una participación femenina que coincide cuantitativamente con la de las localidades de precio más elevado; en cambio, en el patio y en las gradas, el concurso masculino es muy importante la primera semana, empieza a disminuir a partir del noveno día, manteniéndose luego prácticamente por debajo del 50 por 100. La conclusión que se impone, pues, es que más que cualquier otra comedia, EL SÍ DE LAS NIÑAS planteaba un problema entonces muy de actualidad y respondía a la expectación de la mayoría del público: las 37.000 entradas que se vendieron en los veintiséis días de representación y que equivalen a la cuarta parte de la población adulta de la Villa y Corte, lo confirman plenamente.

A pesar de su realismo y de las circunstancias histórico-sociales concretas que refleja, EL SÍ fue escrita por un dramaturgo que conocía perfectamente la producción teatral de su tiempo y de los siglos anteriores, gran admirador de Molière y buen conocedor también del teatro francés del siglo XVIII; los antecedentes literarios que más comúnmente se citan a propósito de la obra maestra de Moratín, son *Entre bobos anda el juego,* de Rojas Zorrilla, y sobre todo

dos comedias francesas, *Le traité nul,* de Marsollier
(1787), traducida en 1802 (cuando ya estaba termina-
da la redación de EL SÍ) con el título de *El contrato
anulado,* y *L'école des mères (La escuela de las
madres),* de Marivaux, que convirtiera en sainete
Ramón de la Cruz bajo el título de *El viejo burlado.*
Por último, la influencia del teatro de Molière se
advierte en varias escenas.

Pero el tema desarrollado en EL SÍ DE LAS NIÑAS, el
del casamiento desigual, de los límites de la autoridad
de los padres y de la libertad de los novios, aparece
ya en el primer intento de don Leandro, *El viejo y la
niña,* de tonalidad más dramática, pues la pareja
desigual está ya unida por los lazos del matrimonio, y
además, varios rasgos autobiográficos, ya presentes
en la primera obra moratiniana, aparecen también en
la última. El problema planteado por la comedia es el
valor que se puede conceder al «sí» que pronuncia
una novia al casarse, es decir, al grado de sinceridad
con que se compromete, pues de la casada, más tarde
madre, depende el futuro equilibrio de la célula
familiar. Moratín, como muchos reformistas, está
persuadido de que el factor determinante es la educación dispensada a las jóvenes por los encargados de
ella, tanto en el convento, que es donde estaba doña
Francisca hasta la hora de tomar estado, como en el
medio familiar. El balance que hace don Leandro es
indudablemente negativo: lo que se les enseña a las
jóvenes es la disimulación e hipocresía, consecuencia
de una pedagogía fundada en el rigorismo cristiano y
en una autoridad excesiva generadora de temor. La
niña educada en tales condiciones se va acostumbran-
do, dice Moratín, a «la astucia y el silencio de una
esclava»; de la astucia se vale justamente doña Clara,
la heroína de *La mojigata,* para fingir la santidad, es
decir, la actitud extrema a que puede llevar la educación opresiva que le dio su padre, y contraer un
matrimonio clandestino, negando por lo mismo la

autoridad paterna, contraproducente por excesiva.
La honesta doña Francisca, por su parte, se ha
enamorado de un joven oficial, pero su comportamiento no llegará a tales extremos, primero porque
Moratín quiere mostrar su ejemplaridad, y porque las
circunstancias y también la sensatez de uno de los
protagonistas le permitirán evitar la caída en el
«precipicio», según escribe Larra. Pero el autor da a
entender que incluso una chica tan buena como doña
Francisca, cuando está desesperada, puede llegar a
cometer ciertos actos reprensibles: así la entrevista
nocturna con don Carlos en el escenario casi oscuro,
pues no queda más que una lucecita. Este lance, que
hoy día puede parecer insignificante, estaba entonces
cargado de significación; en *La mojigata,* se tilda de
«libertad», de «exceso», de «procedimientos de liber-
tinaje», el estar hablando a oscuras dos jóvenes. Y se
advertirá que durante unos instantes, la actitud de
Francisca al final de la escena sexta del acto tercero
recuerda, como un eco algo apagado, la de su antece-
sora Isabel, heroína de *El viejo y la niña* en análoga
situación:

> Si todo se ha perdido ya, ¿qué puedo temer?... ¿Y
> piensas tú que tengo alientos para levantarme?... Que
> vengan, nada importa.

Isabel se expresaba en la misma forma:

> A quien todo lo ha perdido
> ¿qué peligro le amedranta?

Y esta desesperación o indiferencia desembocaba
en el cambio radical de actitud de la joven casada, es
decir, en su rebelión contra el viejo don Roque,
esposo imprudente. Doña Francisca no llega por su
parte a rebelarse abiertamente, pero la pincelada era
lo suficientemente observable como para que un contemporáneo pudiera sacar la lección que entrañaba.

La pedagogía de la obra moratiniana no va exclusivamente destinada a los hijos, sino también a los padres o tutores, pues se les aconseja implícitamente no exceder los límites tolerables de la autoridad que les concede la ley, para que ésta no resulte opresiva y llegue a ser contraproducente: por ello se muestra capaz de dominarse a su vez don Diego, a diferencia de la madre de la niña, la ridícula doña Irene, muy influida, conviene notarlo, por su parentela casi en totalidad eclesiástica, hasta tal punto que su tordo domesticado, tan gazmoño como ella, reza el *Gloria patri* y la Oración del Santo Sudario. Doña Irene, que ha enviudado varias veces (es decir, que ella también debió de casarse con ancianos sin que se le pidiera su parecer), incurre en un abuso de autoridad al querer que su hija consienta (el «sí») en contraer matrimonio con un sesentón adinerado al que, como es natural, no quiere. Don Diego, desde el principio, siente confusamente la anormalidad del casamiento desigual que, como solterón deseoso de fundar familia, apetece; por ello se informa lo mejor que puede acerca de la vida y carácter de la novia, para evitar el error que cometen muchos; y al enterarse de que su competidor correspondido es el propio sobrino, tendrá que luchar con la ilusión que abriga, hasta triunfar de sí mismo y casar a los jóvenes. No así doña Irene, la cual, incapaz de reflexionar y, por lo tanto, de mudar de actitud, va en pos de los acontecimientos.

Pero Moratín se las arregla al fin y al cabo para que la libertad de elección de la niña pueda triunfar sin menoscabo de los intereses, y, por lo mismo, de la autoridad, de los viejos, don Diego y doña Irene, ya que ésta casa a su hija con el heredero del anterior pretendiente, y el anciano, a pesar de su renuncia heroica, logra conjurar el miedo a la vejez solitaria, pues la han de remediar los novios y los frutos previsibles de su amor conyugal. Todo bien mirado,

el autor aboga por la adopción de un término medio
bastante ilusorio en tales asuntos: dejar a la niña que
pronuncie el sí con total libertad, pero con una
libertad cuyo sentido se haya predeterminado mediante una prudente educación conforme a los intereses de los padres. Por algo se ha dicho, aunque con
alguna injusticia, que los verdaderos protagonistas de
EL SÍ DE LAS NIÑAS son los viejos: como quiera que
sea, el que enuncia la moraleja de la fábula, el que
dirige las advertencias pedagógicas al público y critica la educación de las niñas casaderas, es don Diego,
portavoz, en este sentido, de Moratín.

Don Carlos, el joven héroe masculino, a quien se
ha juzgado con demasiada severidad como «carácter»
poco consistente, cobra su verdadera significación
frente al galán de comedias de capa y espada popula-
rizado por el teatro esencialmente calderoniano, que
se seguía representando en la época con mayor frecuencia que éxito y tenía un público bastante numeroso de lectores al parecer (teniendo en cuenta el
porcentaje importantísimo del analfabetismo total o
parcial) por medio de ediciones baratas. El galán de
Calderón era un joven esencialmente valiente, apasionado, con reacciones fundadas en el sentimiento del
honor, como depósito que era de los valores aristocráticos del Siglo de Oro, y resultaba por lo tanto
natural que los partidarios o nostálgicos de dichos
valores considerasen con simpatía el comportamiento
en cierto modo varonil de aquellos jóvenes que atro-
pellaban —no sin vacilaciones por cierto— algunas
conveniencias sociales o sacaban la espada con facili-
dad en asuntos de su edad, esto es, en los de amor y
celos, afirmando así su personalidad. Pero este héroe,
positivo y españolísimo para unos, y en esta medida
ejemplar, ya había dejado de serlo para muchos
partidarios del absolutismo borbónico (que prohibió
el duelo, manifestación de autonomía individual frente a la justicia común) y para los ilustrados en ge-

neral, poco amigos de ver presentadas en las tablas unas actitudes que ellos tenían más bien por perturbadoras del orden público. Si de algo nos puede servir la época actual para comprender las ya remotas, podríamos decir que les pasaba en cierto modo a aquellos moralistas, y a algunos de sus antecesores del siglo XVII, algo análogo a lo que sienten las generaciones mayores actuales frente a películas en que se exalta como positiva o simpática la violencia, incluso contra los representantes de la ley, o la libertad (llamada por otros licencia) en asuntos de amor o sexualidad, etc. Algo así debían de experimentar en efecto los que se indignaban ante una comedia de Calderón, si bien no dejaban de admirar la maestría técnica del gran dramaturgo. Oigamos cómo reaccionaba el propio padre de Moratín ante una de esas obras:

> ¿Quisiera Vd. que su hijo fuese un rompe-esquinas, mata-siete, perdonavidas, que galanteara a una dama a cuchilladas, alborotando la calle y escandalizando el pueblo, forajido de la justicia, sin amistad, sin ley y sin Dios? Pues todo esto lo atribuye Calderón a don Félix de Toledo como una heroicidad grande.

Así se explica la actitud de Calamocha, ordenanza de don Carlos, quien antes de que salga al escenario su amo, presenta a éste, en son de broma, como si fuera un legítimo galán calderoniano (visto, claro está, por Moratín), esto es, «celoso, amenazando vidas, [...] aventurado a quitar el hipo a cuantos le disputen la posesión de su Currita idolatrada». Añade Calamocha:

> Pero el novio, ¿trae consigo criados, amigos o deudos que le quiten la primera zambullida que le amenaza? [...] Mira, dile en caridad que se disponga, porque está en peligro [...] es necesario que mi teniente venga a cuidar de su hacienda, disponer el entierro de ese hombre...

Estas palabras suenan a bravatas de valentón, y más concretamente, de majo: la asimilación galán calderoniano-majo es corriente entre los moralistas ilustrados o los teóricos del neoclasicismo, y se observará que si esta confusión, si bien expresaba la desaprobación ante una actitud que, separada de su contexto ideológico remoto, no se percibía más que como mera delincuencia, quedaba por otra parte facilitada por el majismo histórico, especie de caballería barriobajera, con la que gustaban de mezclarse no pocos jóvenes de familias distinguidas por reacción contra su propio medio, y por la imagen que de dicho majismo ofrecían en particular, en el campo de la ficción, los sainetes de Ramón de la Cruz, contribuyendo a popularizarlo.

Así pues, la actuación de don Carlos, nuevo modelo de jóvenes, destacaba por contraste sobre la imagen previa diseñada con cierto humor por el criado Calamocha. De ahí la incomprensión de algunos críticos, tanto entonces como actualmente, ante un héroe cuyo comportamiento difiere, menos de lo que se cree, por cierto, del de un galán del Siglo de Oro; la figura de don Carlos, en efecto, parece entrañar una contradicción en la medida en que primero se nos dice de él que es un militar de excepcional valor en combate, y por otra parte, tan pronto como se entera de que su tío es también pretendiente de la niña, la abandona en vez de luchar por su amor. En realidad no hay cobardía en esta actitud, pues Moratín quiso ejemplificar su doctrina a través de un joven que, sin dejar de sentir una pasión ardiente, sin dejar de querer con tanta fogosidad como sus antecesores del siglo XVII, fuese capaz de dominar (o al menos de intentarlo) sus impulsos más íntimos en nombre del respeto debido a la autoridad superior, la del cabeza de familia, reyezuelo en su estado en miniatura. La trasposición de tal actividad al campo mucho más amplio de lo social y político era tanto más fácil de hacer cuanto que para la propaganda monárquica el rey era padre de sus vasallos y el súbdito no tenía derecho a rebelarse contra lo dispuesto por la superioridad. A falta de mejor comparación, merece la pena recordar a este respecto la frecuencia con que en nuestra propia época se acompaña cualquier dictadura de una represión en lo que a relaciones entre ambos sexos se refiere; acostumbrarse el individuo a la autorrepresión puede ser considerado un buen aprendizaje para su papel de súbdito obediente: el recuerdo de la aún próxima Revolución francesa permitía escarmentar en cabeza ajena.

EL SÍ DE LAS NIÑAS es una comedia muy lograda técnicamente, hasta tal punto, decía Larra, que era para desanimar a los dramaturgos principiantes. Está dividida en tres actos, la escena es en una sala de paso de una posada de Alcalá de Henares, lugar único que permite además las salidas y entradas sin menoscabo de la verosimilitud, regla de las reglas a la que deben concurrir todas las demás, y por fin, la acción «empieza a las siete de la tarde y acaba a las cinco de la mañana siguiente», o sea que, en ella también se observa la unidad de tiempo, generadora de lógica en el desarrollo de la acción. El lenguaje es siempre castizo y puro, como el de LA COMEDIA NUEVA; menudean las expresiones y giros de cuya naturalidad y autenticidad deja constancia el epistolario de don Leandro. Llevó incluso Moratín la preocupación por lo verosímil hasta imitar lo que Alcalá Galiano llamó «el frasear cortado, interrumpido y no conforme a la gramática, de que solemos valernos los españoles en el trato común de la vida», por lo que abundan los puntos suspensivos en el diálogo. Y no se puede por menos de solicitar a este respecto la opinión, poco sospechosa de parcialidad, de un calificador del Santo Oficio que, en plena reacción fernandina, en julio de 1819, definía la obra maestra de Moratín con las siguientes palabras:

Esta comedia es tanto más perjudicial cuanto el lenguaje y las gracias de que abunda están tomadas de lo más puro de la lengua castellana, acompañándolo con una naturalidad encantadora en las personas que hablan. Yo mismo he oído citar algunos dichos de esta comedia y he sido testigo del efecto que produjeron a los concurrentes...

Por último, el «modo natural y sencillo» con que los actores desempeñaron sus papeles en el estreno fue lo bastante excepcional como para que lo refiriese la prensa contemporánea. Ello no significa que el diálogo sea mera transcripción del habla cotidiana; se trata en efecto para Moratín de «embellecer sin exageración el diálogo familiar» para que no «degenere en trivial por acercarlo demasiado a la verdad que imita», pues sin esta elaboración no hubiera obra de arte. En cuanto a la naturalidad, difícil de conseguir, escribe el ya citado Alcalá Galiano que «en muchas obras teatrales los personajes parecen expresarse como en un libro; en las de Moratín hablan siguiendo el impulso del momento». Este nuevo estilo dramático constituye por sí mismo una toma de postura ideológica, pues se opone a ciertos cánones de escritura heredados del siglo anterior y fundamentalmente aristocráticos en su origen. Esta nueva forma de escribir correspondía a una nueva forma de pensar y a la necesidad de fabricarse un instrumento adecuado para ello, no ya dispensador de ilusión como el lenguaje de las postrimerías del «barroco», sino propio de la naciente burguesía y como tal destinado a ejercer una acción sobre la realidad.

En cuanto a la fuerza cómica, tal vez no bien valorada por ciertos críticos influidos sobre todo por los elogios dispensados constantemente al lenguaje moratiniano, basta ver representar alguna que otra vez la obra en nuestros días para observar que sigue divirtiendo al público una comedia que, por otra parte, se ha traducido a varios idiomas, incluso el gaélico y el esperanto...

Con razón, pues, se ha calificado a Moratín de «padre de la comedia moderna», y creador de una nueva escritura, la de la clase media. Por eso es hora ya de considerarlo, según frase de Julián Marías, no como neoclásico, lo cual supone cierta minusvaloración, sino, lisa y buenamente, como clásico.

RENÉ ANDIOC.

BIBLIOGRAFÍA SELECTA

Aguilar Piñal, Francisco: «Bibliografía de Leandro Fernández de Moratín», separata de *Cuadernos Bibliográficos*, XL, 1980.

Andioc, René: *Teatro y sociedad en el Madrid del siglo* XVIII, 2.ª ed., M., Castalia, 1988.

Casalduero, Joaquín: «Forma y sentido de *El sí de las niñas*», en *Nueva Revista de Filología Hispánica*, XI, 1957, págs. 35-56.

Cotarelo y Mori, Emilio: *Isidoro Máiquez y el teatro de su tiempo*, M., 1902.

Dowling, John C.: *Leandro Fernández de Moratín*, Nueva York, Twayne Publishers, 1971.

Dowling, John C.: «*La comedia nueva* and the reform of the spanish theater», en *Hispania* (W), vol. 53, septiembre de 1970, págs. 397-402.

Fernández de Moratín, Leandro: «Advertencias y otas a *La comedia nueva*», en *Obras póstumas*, M., Rivadeneyra, 1867, I, págs. 89-153.

Fernández de Moratín, Leandro: *Epistolario*, M., Castalia, 1973.

Fernández de Moratín, Leandro: *La comedia nueva*, ed. de John C. Dowling, M., Castalia, 1970.

Osuna, Rafael: «Temática e imitación en *La comedia nueva*, de Moratín», *Cuadernos Hispanoamericanos*, 317, nov. 1976, págs. 286-302.

Vitse, Marc: «La tesis de *El sí de las niñas*», en *Les langues néo-latines*, núm. 26, 1976, págs. 32-51.

VV.AA.: *Coloquio internacional sobre Leandro Fernández de Moratín (1978),* Bolonia, Piován, 1980.

VV.AA.: «Moratín y la sociedad española de su tiempo», en *Revista de la Universidad de Madrid,* IX, 1960, págs. 567-808.

NUESTRA EDICIÓN

El texto de las dos comedias de Moratín está basado en el de la edición de sus *Obras dramáticas y líricas* realizada por Augusto Bobée en París (1825) y revisada por el mismo autor, que entonces vivía en Burdeos. Además, se han tenido en cuenta los últimos retoques manuscritos hechos posteriormente por don Leandro en un ejemplar de dicha edición, hoy custodiado en la Biblioteca Nacional de Madrid (R 2571-3). A pesar de la «última voluntad» del comediógrafo, no se colocan las acotaciones escénicas a pie de página. Nos hemos atenido además a las normas actuales en lo referente a ortografía y puntuación.

LA COMEDIA NUEVA

ADVERTENCIA (1825)

«Esta comedia ofrece una pintura fiel del estado actual de nuestro teatro (dice el prólogo de su primera edición); pero ni en los personajes ni en las alusiones se hallará nadie retratado con aquella identidad que es necesaria en cualquier copia, para que por ella pueda indicarse el original. Procuró el autor, así en la formación de la fábula como en la elección de los caracteres, imitar la naturaleza en lo universal, formando de muchos un solo individuo.»

En el prólogo que precede a la edición de Parma se dice: «De muchos escritores ignorantes que abastecen nuestra escena de comedias desatinadas, de sainetes groseros, de tonadillas necias y escandalosas, formó un don Eleuterio; de muchas mujeres sabidillas y fastidiosas, una doña Agustina; de muchos pedantes erizados, locuaces, presumidos de saberlo todo, un don Hermógenes; de muchas farsas monstruosas, llenas de disertaciones morales, soliloquios furiosos, hambre calagurritana, revista de ejércitos, batallas, tempestades, bombazos y humo, formó *El gran cerco de Viena;* pero ni aquellos personajes, ni esta pieza existen.»

Don Eleuterio es, en efecto, el compendio de todos los malos poetas dramáticos que escribían en aquella época, y la comedia de que se le supone autor, un monstruo imaginario, compuesto de todas las extravagancias que se representaban entonces en los teatros de Madrid. Si en esta obra se hubiesen ridiculizado los desaciertos de Cañizares, Añorbe o Zamora, inútil ocupación hubiera sido censurar a quien ya no podía enmendarse ni defenderse.

Las circunstancias de tiempo y lugar, que tanto abundan en esta pieza, deben ya necesariamente hacerla perder una parte del aprecio público, por haber desaparecido o alterádose los originales que imitó; pero el transcurso mismo del tiempo la hará más estimable a los que apetezcan adquirir conocimiento del estado en que se hallaba nuestra dramática en los veinte años últimos del siglo anterior. Llegará sin duda la época en que desaparezca de la escena (que en el género cómico sólo sufre la pintura de los vicios y errores vigentes); pero será un monumento de historia literaria, único en su género, y no indigno tal vez de la estimación de los doctos.

Luego que el autor se la leyó a la compañía de Ribera, que la debía representar, empezaron a conmoverse los apasionados de la compañía de Martínez. Cómicos, músicos, poetas, todos hicieron causa común, creyendo que de la representación de ella resultaría su total descrédito y la ruina de sus intereses. Dijeron que era un sainete largo, un diálogo insulso, una sátira, un libelo infamatorio; y bajo este concepto se hicieron reclamaciones enérgicas al gobierno para que no permitiera su publicación. Intervino en su examen la autoridad del presidente del consejo, la del corregidor de Madrid y la del vicario eclesiástico; sufrió cinco censuras, y resultó de todas ellas que no era un libelo sino una comedia escrita con arte, capaz de producir efectos muy útiles en la reforma del teatro. Los cómicos la estudiaron con esmero particular, y se acercaba el día de hacerla. Los que habían dicho antes que era un diálogo insípido, temiendo que tal vez no le pareciese al público tan mal como a ellos, trataron de juntarse en gran número, y acabar con ella en su primera representación, la cual se verificó en el Teatro del Príncipe, el día 7 de febrero de 1792.

El concurso la oía con atención, sólo interrumpida por sus mismos aplausos; los que habían de silbarla no hallaban la ocasión de empezar, y su desesperación llegó al extremo cuando creyeron ver su retrato en la pintura que hace don Serapio de la ignorante plebe que en aquel tiempo favorecía o desacreditaba el mérito de las piezas y de los actores, y tiranizando el teatro, concedía su protección a quien más se esmeraba en solicitarla por los medios que allí se indican. El patio recibió la lección áspera que se le daba, con toda la indignación que era de temer en quien iba tan mal dispuesto a recibirla; lo restante del auditorio logró imponer silencio a aquella irritada muchedumbre, y los cómicos siguieron más animados desde entonces y con más seguridad del éxito. Al exclamar don Eleuterio en la escena VIII del acto II: *¡Picarones! ¿Cuándo han visto ellos comedia mejor?*, supo decirlo el actor que desempeñaba este papel con expresión tan oportunamente equívoca que la mayor parte del concurso (aplicando aquellas palabras a lo que estaba sucediendo) interrumpió con aplausos la representación. La turba de los conjurados perdió la esperanza y el ánimo, y el general aprecio que obtuvo en aquel día esta comedia no pudo ser más conforme a los deseos del autor.

Manuel Torres sobresalió en el papel de don Pedro, dándole toda la nobleza y expresión que pide; Juana García, en el de doña Mariquita, mereció general estimación, nada dejó que desear, y dio a las tareas de los artífices asunto digno; Polonia Rochel representó con acierto la presunción necia de doña Agustina; el excelente actor Mariano Querol pintó en don Hermógenes un completo pedante, escogido entre los muchos que pudo imitar. Manuel García Parra excitó el entusiasmo del público con su papel de don Eleuterio: la voz, el gesto, los ademanes, el traje, todo fue tan acomodado al carácter que representó, que parecía en él naturaleza lo que era estudio.

Non ego ventosae plebis suffragia venor
(Horat., *Epist.* 19, *Lib.* I.)

PERSONAS

DON ELEUTERIO
DOÑA AGUSTINA
DOÑA MARIQUITA
DON HERMÓGENES

DON PEDRO
DON ANTONIO
DON SERAPIO
PIPÍ

La escena es en un café de Madrid, inmediato a un teatro

El teatro representa una sala con mesas, sillas y aparador de café; en el foro, una puerta con escalera a la habitación principal, y otra puerta a un lado, que da paso a la calle

La acción empieza a las cuatro de la tarde y acaba a las seis

ACTO I

ESCENA I

DON ANTONIO, PIPÍ

(DON ANTONIO *sentado junto a una mesa;* PIPÍ *paseándose*)

DON ANTONIO.—Parece que se hunde el techo, Pipí.

PIPÍ.—Señor.

DON ANTONIO.—¿Qué gente hay arriba, que anda tal estrépito? ¿Son locos?

PIPÍ.—No, señor; poetas.

DON ANTONIO.—¿Cómo poetas?

PIPÍ.—Sí, señor; ¡así lo fuera yo! ¡No es cosa! Y han tenido una gran comida: Burdeos, pajarete, marrasquino, ¡uh!

DON ANTONIO.—¿Y con qué motivo se hace esa francachela?

PIPÍ.—Yo no sé; pero supongo que será en celebridad de la comedia nueva que se representa esta tarde, escrita por uno de ellos.

DON ANTONIO.—¿Conque han hecho una comedia? ¡Haya picarillos!

PIPÍ.—¿Pues qué, no lo sabía usted?

DON ANTONIO.—No, por cierto.

Pipí.—Pues ahí está el anuncio en el diario.

Don Antonio.—En efecto, aquí está *(Leyendo el diario, que está sobre la mesa):* Comedia nueva intitulada El gran cerco de Viena. ¡No es cosa! Del sitio de una ciudad hacen una comedia. Si son el diantre. ¡Ay, amigo Pipí, cuánto más vale ser mozo de café que poeta ridículo!

Pipí.—Pues mire usted, la verdad, yo me alegrara de saber hacer, así, alguna cosa...

Don Antonio.—¿Cómo?

Pipí.—Así, de versos... ¡Me gustan tanto los versos!

Don Antonio.—¡Oh!, los buenos versos son muy estimables; pero hoy día son tan pocos los que saben hacerlos; tan pocos, tan pocos.

Pipí.—No, pues los de arriba bien se conoce que son del arte. ¡Válgame Dios, cuántos han echado por aquella boca! Hasta las mujeres.

Don Antonio.—¡Oiga! ¿También las señoras decían coplillas?

Pipí.—¡Vaya! Allí hay una doña Agustina, que es mujer del autor de la comedia... ¡Qué! Si usted viera... Unas décimas componía de repente... No es así la otra, que en toda la mesa no ha hecho más que retozar con aquel don Hermógenes, y tirarle miguitas de pan al peluquín.

Don Antonio.—¿Don Hermógenes está arriba? ¡Gran pedantón!

Pipí.—Pues con ése se ha estado jugando; y cuando la decían: «Mariquita, una copla, vaya una copla», se hacía la vergonzosa; y por más que la estuvieron azuzando a ver si rompía, nada. Empezó una décima, y no la pudo acabar, porque decía que no encontraba el consonante; pero doña Agustina, su cuñada... ¡Oh!, aquélla sí. Mire usted lo que es... Ya se ve, en teniendo vena.

Don Antonio.—Seguramente. ¿Y quién es ése que cantaba poco ha, y daba aquellos gritos tan descompasados?

PIPÍ.—¡Oh! Ese es don Serapio.

DON ANTONIO.—Pero ¿qué es? ¿Qué ocupación tiene?

PIPÍ.—Él es... Mire usted. A él le llaman don Serapio.

DON ANTONIO.—¡Ah, sí! Ése es aquel bullebulle que hace gestos a las cómicas, y las tira dulces a la silla [1] cuando pasan, y va todos los días a saber quién dio cuchillada [2]; y desde que se levanta hasta que se acuesta no cesa de hablar de la temporada de verano, la chupa del sobresaliente y las partes de por medio [3].

PIPÍ.—Ese mismo. ¡Oh! Ése ese de los apasionados finos. Aquí se viene por las mañanas a desayunar; y arma unas disputas con los peluqueros, que es un gusto oírle. Luego se va allá abajo, al barrio de Jesús [4]; se juntan cuatro amigos, hablan de comedias, altercan, ríen, fuman en los portales. Don Serapio los introduce aquí y acullá hasta que da la una, se despiden, y él se va a comer con el apuntador.

DON ANTONIO.—¿Y ese don Serapio es amigo del autor de la comedia?

PIPÍ.—¡Toma! Son uña y carne. Y él ha compuesto el casamiento de doña Mariquita, la hermana del poeta, con don Hermógenes.

DON ANTONIO.—¿Qué me dices? ¿Don Hermógenes se casa?

PIPÍ.—¡Vaya si se casa! Como que parece que la boda no se ha hecho ya porque el novio no tiene un cuarto ni el poeta tampoco; pero le ha dicho que con el dinero que le den por esta comedia, y lo que ganará en la impresión, les pondrá casa y pagará las deudas de don Hermógenes, que parece que son bastantes.

---

[1] La silla de manos.
[2] En competencias de teatros o de sus artistas, obtener alguno de ellos la preferencia del público.
[3] Cómicos de segunda clase.
[4] De Jesús Nazareno.

DON ANTONIO.—Sí serán. ¡Cáspita si serán! Pero, y si la comedia apesta, y por consecuencia ni se la pagan ni se vende, ¿qué harán entonces?

PIPÍ.—Entonces, ¿qué sé yo? Pero ¡qué! No, señor. Si dice don Serapio que comedia mejor no se ha visto en tablas.

DON ANTONIO.—¡Ah! Pues si don Serapio lo dice, no hay que temer. Es dinero contante, sin remedio. Figúrate tú si don Serapio y el apuntador sabrán muy bien dónde les aprieta el zapato, y cuál comedia es buena y cuál deja de serlo.

PIPÍ.—Eso digo yo; pero a veces... Mire usted, no hay paciencia. Ayer, ¡qué!, les hubiera dado con una tranca. Vinieron ahí tres o cuatro a beber ponche, y empezaron a hablar, hablar de comedias. ¡Vaya! Yo no me puedo acordar de lo que decían. Para ellos no había nada bueno: ni autores, ni cómicos, ni vestidos, ni música, ni teatro. ¿Qué sé yo cuánto dijeron aquellos malditos? Y dale con el arte, el arte, la moral, y... Deje usted, las... ¿Si me acordaré? Las... ¡Válgate Dios! ¿Cómo decían? Las... las reglas... ¿Qué son las reglas?

DON ANTONIO.—Hombre, difícil es explicártelo. Reglas son unas cosas que usan allá los extranjeros, principalmente los franceses.

PIPÍ.—Pues, ya decía yo: esto no es cosa de mi tierra.

DON ANTONIO.—Sí tal, aquí también se gastan, y algunos han escrito comedias con reglas; bien que no llegarán a media docena (por mucho que se estire la cuenta) las que se han compuesto.

PIPÍ.—Pues, ya se ve; mire usted, ¡reglas! No faltaba más. ¿A que no tiene reglas la comedia de hoy?

DON ANTONIO.—¡Oh! Eso yo te lo fío; bien puedes apostar ciento contra uno a que no las tiene.

PIPÍ.—Y las demás que van saliendo cada día tampoco las tendrán; ¿no es verdad, usted?

DON ANTONIO.—Tampoco. ¿Para qué? No faltaba

otra cosa, sino que para hacer una comedia se gastaran reglas. No, señor.

PIPÍ.—Bien; me alegro. Dios quiera que pegue [5] la de hoy, y luego verá usted cuántas escribe el bueno de don Eleuterio. Porque, lo que él dice: si yo me pudiera ajustar con los cómicos a jornal [6], entonces... ¡ya se ve! Mire usted si con un buen situado [7] podía él...

DON ANTONIO.—Cierto. (Aparte.) ¡Que simplicidad!

PIPÍ.—Entonces escribiría. ¡Qué! Todos los meses sacaría dos o tres comedias... Como es tan hábil.

DON ANTONIO.—¿Conque es muy hábil, eh?

PIPÍ.—¡Toma! Poquito le quiere el segundo barba; y si en él consistiera, ya se hubiesen echado las cuatro o cinco comedias que tiene escritas; pero no han querido los otros, y ya se ve, como ellos lo pagan. En diciendo: no nos ha gustado o así, andar, ¡qué diantres! Y luego, como ellos saben lo que es bueno; y en fin, mire usted si ellos... ¿No es verdad?

DON ANTONIO.—Pues ya.

PIPÍ.—Pero deje usted, que aunque es la primera que le representan, me parece a mí que ha de dar el golpe.

DON ANTONIO.—¿Conque es la primera?

PIPÍ.—La primera. Si es mozo todavía. Yo me acuerdo... Habrá cuatro o cinco años que estaba de escribiente ahí, en esa lotería [8] de la esquina, y le iba muy ricamente; pero como después se hizo paje, y el amo se le murió a lo mejor, y él se había casado de secreto con la doncella, y tenía ya dos criaturas, y después le han nacido otras dos o tres, viéndose él

---

[5]   Que guste.
[6]   Véase Introducción, pág. 18.
[7]   Renta, salario.
[8]   La lotería fue creada en el reinado anterior, el de Carlos III; aquí se trata, naturalmente, de un despacho de billetes de lotería.

así, sin oficio ni beneficio, ni pariente, ni habiente, ha cogido y se ha hecho poeta.

DON ANTONIO.—Y ha hecho muy bien.

PIPÍ.—Pues, ya se ve; lo que él dice: si me sopla la musa, puedo ganar un pedazo de pan para mantener aquellos angelitos, y así ir trampeando hasta que Dios quiera abrir camino.

ESCENA II

DON PEDRO, DON ANTONIO, PIPÍ

DON PEDRO.—Café. (*DON PEDRO se sienta junto a una mesa distante de* DON ANTONIO; PIPÍ *le sirve el café.)*

PIPÍ.—Al instante.

DON ANTONIO.—No me ha visto.

PIPÍ.—¿Con leche?

DON PEDRO.—No. Basta.

PIPÍ.—¿Quién es éste? *(A* DON ANTONIO, *al retirarse.)*

DON ANTONIO.—Este es don Pedro de Aguilar, hombre muy rico, generoso, honrado, de mucho talento; pero de un carácter tan ingenuo, tan serio y tan duro, que le hace intratable a cuantos no son sus amigos.

PIPÍ.—Le veo venir aquí algunas veces; pero nunca habla, siempre está de mal humor.

ESCENA III

DON SERAPIO, DON ELEUTERIO, DON PEDRO, DON ANTONIO, PIPÍ

DON SERAPIO.—¡Pero, hombre, dejarnos así! *(Bajando la escalera, salen por la puerta del foro.)*

DON ELEUTERIO.—Si se lo he dicho a usted ya. La

tonadilla [9] que han puesto a mi función no vale nada, la van a silbar, y quiero concluir esta mía para que la canten mañana.

DON SERAPIO.—¿Mañana? ¿Conque mañana se ha de cantar, y aún no están hechas ni letra ni música?

DON ELEUTERIO.—Y aun esta tarde pudieran cantarla, si usted me apura. ¿Qué dificultad? Ocho o diez versos de introducción, diciendo que callen y atiendan, y chitito. Después unas cuantas coplillas del mercader que hurta, el peluquero que lleva papeles, la niña que está opilada, el cadete que se baldó en el portal; cuatro equivoquillos, etc., y luego se concluye con seguidillas de la tempestad, el canario, la pastorcilla y el arroyito. La música ya se sabe cuál ha de ser: la que se pone en todas; se añade o se quita un par de gorgoritos, y estamos al cabo de la calle.

DON SERAPIO.—¡El diantre es usted, hombre! Todo se lo halla hecho.

DON ELEUTERIO.—Voy, voy a ver si la concluyo; falta muy poco. Súbase usted. (DON ELEUTERIO *se sienta junto a una mesa inmediata al foro; saca papel y tintero, y escribe.*)

DON SERAPIO.—Voy allá; pero...

DON ELEUTERIO.—Sí, sí, váyase usted; y si quieren más licor, que lo suba el mozo.

DON SERAPIO.—Sí, siempre será bueno que lleven un par de frasquillos más. Pipí.

PIPÍ.—Señor.

DON SERAPIO.—Palabra. *(Habla en secreto con* PIPÍ *y vuelve a irse por la puerta del foro;* PIPÍ *toma del aparador unos frasquillos y se va por la misma parte.)*

DON ANTONIO.—¿Cómo va, amigo don Pedro? (DON ANTONIO *se sienta cerca de* DON PEDRO.)

---

[9] Acerca de las tonadillas, véase José Subirá, *La tonadilla escénica,* M., 1928-1932, 4 vols.

DON PEDRO.—¡Oh, señor don Antonio! No había reparado en usted. Va bien.

DON ANTONIO.—¿Usted a estas horas por aquí? Se me hace extraño.

DON PEDRO.—En efecto, lo es; pero he comido ahí cerca. A fin de mesa se armó una disputa entre dos literatos que apenas saben leer. Dijeron mil despropósitos, me fastidié y me vine.

DON ANTONIO.—Pues con ese genio tan raro que usted tiene, se ve precisado a vivir como un ermitaño en medio de la corte.

DON PEDRO.—No, por cierto. Yo soy el primero en los espectáculos, en los paseos, en las diversiones públicas; alterno los placeres con el estudio; tengo pocos, pero buenos amigos, y a ellos debo los más felices instantes de mi vida. Si en las concurrencias particulares soy raro algunas veces, siento serlo; pero ¿qué le he de hacer? Yo no quiero mentir, ni puedo disimular; y creo que el decir la verdad francamente es la prenda más digna de un hombre de bien.

DON ANTONIO.—Sí; pero cuando la verdad es dura a quien ha de oírla, ¿qué hace usted?

DON PEDRO.—Callo.

DON ANTONIO.—¿Y si el silencio de usted le hace sospechoso?

DON PEDRO.—Me voy.

DON ANTONIO.—No siempre puede uno dejar el puesto, y entonces...

DON PEDRO.—Entonces digo la verdad.

DON ANTONIO.—Aquí mismo he oído hablar muchas veces de usted. Todos aprecian su talento, su instrucción y su probidad; pero no dejan de extrañar la aspereza de su carácter.

DON PEDRO.—¿Y por qué? Porque no vengo a predicar al café. Porque no vierto por la noche lo que leí por la mañana. Porque no disputo, ni ostento erudición ridícula, como tres, o cuatro, o diez pedantes que vienen aquí a perder el día, y a excitar la admiración de los tontos y la risa de los hombres de juicio. ¿Por eso me llaman áspero y extravagante? Poco me importa. Yo me hallo bien con la opinión que he seguido hasta aquí, de que en un café jamás debe hablar en público el que sea prudente.

DON ANTONIO.—Pues ¿qué debe hacer?

DON PEDRO.—Tomar café.

DON ANTONIO.—¡Viva! Pero, hablando de otra cosa, ¿qué plan tiene usted para esta tarde?

DON PEDRO.—A la comedia.

DON ANTONIO.—¿Supongo que irá usted a ver la pieza nueva?

DON PEDRO.—¿Qué, han mudado? Ya no voy.

DON ANTONIO.—Pero ¿por qué? Vea usted sus rarezas. (PIPÍ *sale por la puerta del foro con salvilla, copas y frasquillos que dejará sobre el mostrador.*)

DON PEDRO.—¿Y usted me pregunta por qué? ¿Hay más que ver la lista de las comedias nuevas que se representan cada año, para inferir los motivos que tendré de no ver la de esta tarde?

DON ELEUTERIO.—¡Hola! Parece que hablan de mi función. *(Escuchando la conversación.)*

DON ANTONIO.—De suerte que, o es buena, o es mala. Si es buena, se admira y se aplaude; si, por el contrario, está llena de sandeces, se ríe uno, se pasa el rato, y tal vez...

DON PEDRO.—Tal vez [10] me han dado impulsos de tirar al teatro el sombrero, el bastón y el asiento, si hubiera podido. A mí me irrita lo que usted le divierte. (*Guarda* DON ELEUTERIO *papel y tintero, y se va acercando poco a poco, hasta ponerse en medio de los dos.*) Yo no sé; usted tiene talento y la instrucción necesaria para no equivocarse en materias de literatura; pero usted es el protector nato de todas las ridiculeces. Al paso que conoce usted y elogia las bellezas de una obra de mérito, no se

---

[10]   Tal cual vez, a veces.

detiene en dar iguales aplausos a lo más disparatado
y absurdo; y con una rociada de pullas, chufletas e
ironías hace usted creer al mayor idiota que es un
prodigio de habilidad. Ya se ve; usted dirá que se
divierte, pero, amigo...

Don Antonio.—Sí, señor, que me divierto. Y,
por otra parte, ¿no sería cosa cruel ir repartiendo por
ahí desengaños amargos a ciertos hombres cuya felicidad estriba en su propia ignorancia? ¿Ni cómo es
posible disuadirles?...

Don Eleuterio.—No, pues... Con permiso de
ustedes. La función de esta tarde es muy bonita,
seguramente; bien puede usted ir a verla, que yo le
doy mi palabra de que le ha de gustar.

Don Antonio.—¿Es éste el autor? (Don Antonio *se levanta, y después de la pregunta que hace a*
Pipí, *vuelve a hablar con* Don Eleuterio.)

Pipí.—El mismo.

Don Antonio.—Y ¿de quién es? ¿Se sabe?

Don Eleuterio.—Señor, es de un sujeto bien
nacido, muy aplicado, de buen ingenio, que empieza
ahora la carrera cómica; bien que el pobrecillo no
tiene protección.

Don Pedro.—Si es ésta la primera pieza que da al
teatro, aún no puede quejarse; si ella es buena,
agradará necesariamente, y un Gobierno ilustrado
como el nuestro, que sabe cuánto interesan a una
nación los progresos de la literatura, no dejará sin
premio a cualquiera hombre de talento que sobresal-
ga en un género tan difícil.

Don Eleuterio.—Todo eso va bien; pero lo
cierto es que el sujeto tendrá que contentarse con sus
quince doblones[11] que le darán los cómicos, si la
comedia gusta, y muchas gracias.

Don Antonio.—¿Quince? Pues yo creí que eran
veinticinco.

_____

[11]   Doblón: moneda imaginaria que valía 60 reales.

DON ELEUTERIO.—No, señor; ahora, en tiempo de calor, no se da más. Si fuera por el invierno, entonces...

DON ANTONIO.—¡Calle! ¿Conque en empezando a helar valen más las comedias? Lo mismo sucede con los besugos. (DON ANTONIO *se pasea.* DON ELEUTERIO *unas veces le dirige la palabra y otras se acerca hacia* DON PEDRO, *que no le contesta ni le mira.)*

DON ELEUTERIO.—Pues mire usted, aun con ser tan poco lo que dan, el autor se ajustaría de buena gana para hacer por el precio todas las funciones que necesitase la compañía; pero hay muchas envidias. Unos favorecen a éste, otros a aquél, y es menester una tecla para mantenerse en la gracia de los primeros vocales, que... ¡Ya, ya! Y luego, como son tantos a escribir, y cada uno procura despachar su género, entran los empeños, las gratificaciones, las rebajas. Ahora mismo acaba de llegar un estudiante gallego con unas alforjas llenas de piezas manuscritas: comedias, follas [12], zarzuelas, dramas, melodramas [13], loas, sainetes... ¿Qué sé yo cuánta ensalada trae allí? Y anda solicitando que los cómicos le compren todo el surtido, y da cada obra a trescientos reales una con otra. ¡Ya se ve! ¿quién ha de poder competir con un hombre que trabaja tan barato?

DON ANTONIO.—Es verdad, amigo. Ese estudiante gallego hará malísima obra a los autores de la corte.

DON ELEUTERIO.—Malísima. Ya ve usted cómo están los comestibles.

DON ANTONIO.—Cierto.

DON ELEUTERIO.—Lo que cuesta un mal vestido que uno se haga.

DON ANTONIO.—En efecto.

DON ELEUTERIO.—El cuarto.

---

[12] Miscelánea de obras o fragmentos de obras teatrales.
[13] Entonces, diálogo en música.

DON ANTONIO.—¡Oh! sí, el cuarto. Los caseros son crueles.

DON ELEUTERIO.—Y si hay familia...

DON ANTONIO.—No hay duda; si hay familia, es cosa terrible.

DON ELEUTERIO.—Vaya usted a competir con el otro tuno, que con seis cuartos[14] de callos y medio pan tiene el gasto hecho.

DON ANTONIO.—¿Y qué remedio? Ahí no hay más sino arrimar el hombro al trabajo, escribir buenas piezas, darlas muy baratas, que se representen, que aturdan al público, y ver si se puede dar con el gallego en tierra. Bien que la de esta tarde es excelente, y para mí tengo que...

DON ELEUTERIO.—¿La ha leído usted?

DON ANTONIO.—No, por cierto.

DON PEDRO.—¿La han impreso?

DON ELEUTERIO.—Sí, señor. ¿Pues no se había de imprimir?

DON PEDRO.—Mal hecho. Mientras no sufra el examen del público en el teatro, está muy expuesta, y sobre todo es demasiada confianza en un autor novel.

DON ANTONIO.—¡Qué! No, señor. Si le digo a usted que es cosa muy buena. ¿Y dónde se vende?

DON ELEUTERIO.—Se vende en los puestos del *Diario,* en la librería de Pérez, en la de Izquierdo, en la de Gil, en la de Zurita y en el puesto de los cobradores a la entrada del coliseo. Se vende también en la tienda de vinos de la calle del Pez, en la del herbolario de la calle Ancha, en la jabonería de la calle del Lobo, en la...[15].

DON PEDRO.—¿Se acabará esta tarde esa relación?

DON ELEUTERIO.—Como el señor preguntaba.

---

[14]   El cuarto valía cuatro maravedíes; el real, ocho cuartos y medio, o sea, 34 maravedíes.
[15]   El dramaturgo Nipho vendió una de sus obras en una cristalería; el propio Goya puso a la venta sus *Caprichos* en una tienda de perfumes y licores...

DON PEDRO.—Pero no preguntaba tanto. ¡Si no hay paciencia!

DON ANTONIO.—Pues la he de comprar, no tiene remedio.

PIPÍ.—Si yo tuviera dos reales. ¡Voto va!

DON ELEUTERIO.—Véala usted aquí. (*Saca una comedia impresa y se la da a* DON ANTONIO.)

DON ANTONIO.—¡Oiga!, es ésta. A ver. Y ha puesto su nombre. Bien, así me gusta; con eso la posteridad no se andará dando de calabazadas por averiguar la gracia [16] del autor. (*Lee* DON ANTONIO.) «*Por* DON ELEUTERIO CRISPÍN DE ANDORRA... *Salen el emperador Leopoldo, el rey de Polonia y Federico, senescal, vestidos de gala, con acompañamiento de damas y magnates, y una brigada de húsares a caballo.*» ¡Soberbia entrada! Y dice el emperador:

> *Ya sabéis, vasallos míos,*
> *que habrá dos meses y medio*
> *que el turco puso a Viena*
> *con sus tropas el asedio,*
> *y que para resistirle*
> *unimos nuestros denuedos,*
> *dando nuestros nobles bríos,*
> *en repetidos encuentros,*
> *las pruebas más relevantes*
> *de nuestros invictos pechos.*

¡Qué estilo tiene! ¡Cáspita! ¡Qué bien pone la pluma el pícaro!

> *Bien conozco que la falta*
> *del necesario alimento*
> *ha sido tal, que rendidos*
> *de la hambre a los esfuerzos*
> *hemos comido ratones,*
> *sapos y sucios insectos* [17].

---

[16] El nombre.
[17] Véase *Introducción*, pág. 29.

DON ELEUTERIO.—¿Qué tal? ¿No le parece a usted bien? *(Hablando a* DON PEDRO.)

DON PEDRO.—¡Eh! A mí, qué...

DON ELEUTERIO.—Me alegro que le guste a usted. Pero, no; donde hay un paso muy fuerte es al principio del segundo acto. Búsquele usted... ahí..., por ahí ha de estar. Cuando la dama se cae muerta de hambre.

DON ANTONIO.—¿Muerta?

DON ELEUTERIO.—Sí, señor, muerta.

DON ANTONIO.—¡Qué situación tan cómica![18]. Y estas exclamaciones que hace aquí, ¿contra quién son?

DON ELEUTERIO.—Contra el visir, que la tuvo seis días sin comer porque ella no quería ser su concubina.

DON ANTONIO.—¡Pobrecita! ¡Ya se ve! El visir sería un bruto.

DON ELEUTERIO.—Sí, señor.

DON ANTONIO.—Hombre arrebatado, ¿eh?

DON ELEUTERIO.—Sí, señor.

DON ANTONIO.—Lascivo como un mico, feote de cara, ¿es verdad?

DON ELEUTERIO.—Cierto.

DON ANTONIO.—Alto, moreno, un poco bizco, grandes bigotes.

DON ELEUTERIO.—Sí, señor, sí. Lo mismo me le he figurado yo.

DON ANTONIO.—¡Enorme animal! Pues no, la dama no se muerde la lengua. ¡No es cosa cómo le pone! Oiga usted, don Pedro.

DON PEDRO.—No, por Dios; no lo lea usted.

DON ELEUTERIO.—Es que es uno de los pedazos más terribles de la comedia.

DON PEDRO.—Con todo eso.

DON ELEUTERIO.—Lleno de fuego.

---

[18] Propia de la comedia, teatral, dramática.

DON PEDRO.—Ya.

DON ELEUTERIO.—Buena versificación.

DON PEDRO.—No importa.

DON ELEUTERIO.—Que alborotará en el teatro, si la dama lo esfuerza.

DON PEDRO.—Hombre, si he dicho ya que...

DON ANTONIO.—Pero, a lo menos, el final del acto segundo es menester oírle. (*Lee* DON ANTONIO, *y al acabar da la comedia a* DON ELEUTERIO.)

EMP.	*Y en tanto que mis recelos...*
VISIR.	*Y mientras mis esperanzas...*
SENESC.	*Y hasta que mis enemigos...*
EMP.	*Averiguo,...*
VISIR.	*Logre,...*
SENESC.	*Caigan,...*
EMP.	*Rencores, dadme favor,...*
VISIR.	*No me dejes, tolerancia,...*
SENESC.	*Denuedo, asiste a mi brazo,...*
TODOS.	*Para que admire la patria el más generoso ardid y la más tremenda hazaña*[19].

DON PEDRO.—Vamos; no hay quien pueda sufrir tanto disparate. *(Se levanta impaciente, en ademán de irse.)*

DON ELEUTERIO.—¿Disparates los llama usted?

DON PEDRO.—¿Pues no? (DON ANTONIO *observa a los dos y se ríe.)*

DON ELEUTERIO.—¡Vaya, que es también demasiado! ¡Disparates! ¡Pues no, no los llaman disparates los hombres inteligentes que han leído la comedia!

---

[19] «Este diálogo entre dos o tres o más personajes que hablan y se interrumpen alternativamente, concluyendo todos con una expresión que viene bien al concepto de cada uno de ellos, era el golpe más brillante con que se daba fin a las jornadas, o se adornaban los lances de mayor interés» (Moratín, «Advertencias y notas a *La comedia nueva*», en *O.P.,* I, págs. 118 y 119.

Cierto que me ha chocado. ¡Disparates! Y no se ve otra cosa en el teatro todos los días, y siempre gusta, y siempre lo aplauden a rabiar.

DON PEDRO.—¿Y esto se representa en una nación culta?

DON ELEUTERIO.—¡Cuenta que me ha dejado contento la expresión! ¡Disparates!

DON PEDRO.—¿Y esto se imprime para que los extranjeros se burlen de nosotros?

DON ELEUTERIO.—¡Llamar disparates a una especie de coro entre el emperador, el visir y el senescal! Yo no sé qué quieren estas gentes. Si hoy día no se puede escribir nada, nada que no se muerda y se censure. ¡Disparate! ¡Cuidado que...!

PIPÍ.—No haga usted caso.

DON ELEUTERIO.—(*Hablando con* PIPÍ *hasta el fin de la escena.*) Yo no hago caso; pero me enfada que hablen así. Figúrate tú si la conclusión puede ser más natural ni más ingeniosa. El emperador está lleno de miedo por un papel que se ha encontrado en el suelo, sin firma ni sobrescrito, en que se trata de matarle. El visir está rabiando por gozar de la hermosura de Margarita, hija del conde de Strambangaum[20], que es el traidor...

PIPÍ.—¡Calle! ¡Hay traidor también! ¡Cómo me gustan a mí las comedias en que hay traidor!

DON ELEUTERIO.—Pues, como digo, el visir está loco de amores por ella; el senescal, que es hombre de bien si los hay, no las tiene todas consigo, porque sabe que el conde anda tras de quitarle el empleo y continuamente lleva chismes al emperador contra él; de modo que como cada uno de estos tres personajes está ocupado en un asunto, habla de ello y no hay cosa más natural. (*Saca la comedia y lee.*)

---

[20] Nótese lo estrafalario y exótico del nombre, que suena a centroeuropeo o germánico (véase más adelante, nota 43).

> *Y en tanto que mis recelos...*
> *Y mientras mis esperanzas...*
> *Y hasta que mis...*

¡Ah!, señor dos Hermógenes. A qué buena ocasión llega usted. *(Guarda la comedia, encaminándose a* DON HERMÓGENES, *que sale por la puerta del foro.)*

ESCENA IV

DON HERMÓGENES, DON ELEUTERIO, DON PEDRO, DON ANTONIO, PIPÍ

DON HERMÓGENES.—Buenas tardes, señores.

DON PEDRO.—A la orden de usted. (DON PEDRO *se acerca a la mesa en que está el diario; lee para sí y a veces presta atención a lo que hablan los demás.)*

DON ANTONIO.—Felicísimas, amigo don Hermógenes.

DON ELEUTERIO.—Digo, me parece que el señor don Hermógenes será juez muy abonado para decidir la cuestión que se trata; todo el mundo sabe su instrucción y lo que ha trabajado en los papeles periódicos, las traducciones que ha hecho del francés, sus actos literarios y sobre todo la escrupulosidad y el rigor con que censura las obras ajenas. Pues yo quiero que nos diga...

DON HERMÓGENES.—Usted me confunde con elogios que no merezco, señor don Eleuterio. Usted sólo es acreedor a toda alabanza por haber llegado a su edad juvenil al pináculo del saber. Su ingenio de usted, el más ameno de nuestros días, su profunda erudición, su delicado gusto en el arte rítmica, su...[21].

---

[21] Bajo la figura del pedante don Hermógenes ridiculizó Moratín al escritor y periodista mallorquín Cristóbal Cladera, editor del *Espíritu de los mejores diarios* y que criticó en 1790 *El viejo y la niña,* primera comedia de don Leandro.

DON ELEUTERIO.—Vaya, dejemos eso.

DON HERMÓGENES.—Su docilidad, su moderación...

DON ELEUTERIO.—Bien; pero aquí se trata solamente de saber si...

DON HERMÓGENES.—Estas prendas sí que merecen admiración y encomio.

DON ELEUTERIO.—Ya, eso sí; pero díganos usted lisa y llanamente si la comedia que hoy se representa es disparatada o no.

DON HERMÓGENES.—¿Disparatada? ¿Y quién ha prorrumpido en un aserto tan...?

DON ELEUTERIO.—Eso no hace al caso. Díganos usted lo que le parece y nada más.

DON HERMÓGENES.—Sí diré; pero antes de todo conviene saber que el poema dramático admite dos géneros de fábula. *Sunt autem fabulae, aliae simplices, aliae implexae.* Es doctrina de Aristóteles. Pero le diré en griego para mayor claridad. *Eisí de ton mython oi men aploi oi de peplegmenoi. Caí gar ai práxeis...*

DON ELEUTERIO.—Hombre, pero si...

DON ANTONIO.—Yo reviento. *(Siéntase, haciendo esfuerzos para contener la risa.)*

DON HERMÓGENES.—*Cai gar ai práxeis on mimeseis oi...*

DON ELEUTERIO.—Pero...

DON HERMÓGENES.—*Mythoí eisin iparchousin* [22].

DON ELEUTERIO.—Pero si no es eso lo que a usted se le pregunta.

DON HERMÓGENES.—Ya estoy en la cuestión. Bien que, para la mejor inteligencia, convendría explicar lo que los críticos entienden por prótasis, epítasis, catástasis, catástrofe, peripecia, agnición o anagnórisis [23], partes necesarias a toda buena come-

---

[22] Aristóteles, *Poética,* 10.
[23] Prótasis: exposición; epítasis: nudo, enredo; catástasis: punto culminante; catástrofe: desenlace; peripecia: mudanza repentina

dia, y que, según Escalígero, Vossio, Dacier, Marmontel, Castelvetro y Daniel Heinsio...[24].

DON ELEUTERIO.—Bien, todo eso es admirable, pero...

DON PEDRO.—Este hombre es loco.

DON HERMÓGENES.—Si consideramos el origen del teatro, hallaremos que los megareos[25], los sículos[26] y los atenienses...

DON ELEUTERIO.—Don Hermógenes, por amor de Dios, si no...

DON HERMÓGENES.—Véanse los dramas griegos, y hallaremos que Anaxipo, Anaxándrides, Eupolis, Antifanes, Filípides, Cratino, Crates, Epicrates, Menecrates y Ferecrates...[27].

DON ELEUTERIO.—Si le he dicho a usted que...

DON HERMÓGENES.—Y los más celebérrimos dramaturgos de la edad pretérita, todos, todos convinieron *nemine discrepante*[28] en que la prótasis debe preceder a la catástrofe necesariamente. Es así que la comedia del *Cerco de Viena*...

DON PEDRO.—Adiós, señores. *(Se encamina hacia la puerta. DON ANTONIO se levanta y procura detenerle.)*

DON ANTONIO.—¿Se va usted, don Pedro?

DON PEDRO.—Pues ¿quién, si no usted, tendrá frescura para oír eso?

DON ANTONIO.—Pero si el amigo don Hermógenes nos va a probar con la autoridad de Hipócrates y

---

de situación; agnición o anagnórisis: reconocimiento de la verdadera identidad de un personaje.

[24] Scalígero (1484-1558), filólogo y médico italiano, autor de una célebre *Poética;* Vossio (1577-1649), erudito holandés; Dacier (1651-1722), filólogo francés; Marmontel (1723-1799), escritor francés; Castelvetro (1505-1571), erudito italiano; Heinsio (1580-1665), humanista holandés.

[25] Habitantes de Mégara, en Grecia.

[26] Sicilianos.

[27] Dramaturgos antiguos todos ellos.

[28] Fórmula latina: «sin que discrepe nadie», «unánimemente».

Martín Lutero que la pieza consabida, lejos de ser un desatino...

DON HERMÓGENES.—Ese es mi intento: probar que es un acéfalo insipiente cualquiera que haya dicho que la tal comedia contiene irregularidades absurdas, y yo aseguro que delante de mí ninguno se hubiera atrevido a propalar tal aserción.

DON PEDRO.—Pues yo delante de usted la propalo, y le digo que por lo que el señor ha leído de ella y por ser usted el que la abona, infiero que ha de ser cosa detestable; que su autor será un hombre sin principios ni talento, y que usted es un erudito a la violeta[29], presumido y fastidioso hasta no más. Adiós, señores. *(Hace que se va y vuelve.)*

DON ELEUTERIO.—Pues a este caballero le ha parecido muy bien lo que ha visto de ella. *(Señalando a DON ANTONIO.)*

DON PEDRO.—A ese caballero le ha parecido muy mal; pero es hombre de buen humor y gusta de divertirse. A mí me lastima, en verdad, la suerte de estos escritores, que entontecen al vulgo con obras desatinadas y monstruosas, dictadas más que por el ingenio por la necesidad o la presunción. Yo no conozco al autor de esa comedia ni sé quién es; pero si ustedes, como parece, son amigos suyos, díganle en caridad que se deje de escribir tales desvaríos; que aún está a tiempo, puesto que es la primera obra que publica; que no le engañe el mal ejemplo de los que deliran a destajo; que siga otra carrera, en que por medio de un trabajo honesto podrá socorrer sus necesidades y asistir a su familia, si la tiene. Díganle ustedes que el teatro español tiene de sobra autorcillos chanflones que le abastezcan de mamarrachos: que lo que necesita es una reforma fundamental en todas sus partes, y que mientras ésta no se verifique,

---

[29] Recuérdese la sátira *Los eruditos a la violeta,* de Cadalso (1772).

los buenos ingenios que tiene la nación, o no harán
nada, o harán lo que únicamente baste para manifes-
tar que saben escribir con acierto y que no quieren
escribir.

DON HERMÓGENES.—Bien dice Séneca en su epís-
tola dieciocho que...

DON PEDRO.—Séneca dice en todas sus epístolas
que usted es un pedantón ridículo a quien yo no
puedo aguantar. Adiós, señores.

ESCENA V

DON ANTONIO, DON ELEUTERIO, DON
HERMÓGENES, PIPÍ

DON HERMÓGENES.—¿Yo pedantón? *(Encarándo-
se hacia la puerta por donde se fue* DON PEDRO. DON
ELEUTERIO *se pasea inquieto.)* ¡Yo, que he compuesto siete prolusiones[30] grecolatinas sobre los puntos
más delicados del derecho!

DON ELEUTERIO.—¡Lo que él entenderá de comedias cuando dice que la conclusión del segundo acto
es mala!

DON HERMÓGENES.—Él será el pendantón.

DON ELEUTERIO.—¿Hablar así de una pieza que
ha de durar lo menos quince días? Y si empieza a
llover...

DON HERMÓGENES.—Yo estoy graduado en leyes,
y soy opositor a cátedras, y soy académico, y no he
querido ser dómine de Pioz[31].

DON ANTONIO.—Nadie pone duda en el mérito de
usted, señor don Hermógenes, nadie; pero esto ya se
acabó, y no es cosa de acalorarse.

---

[30] Prólogos.
[31] Pueblo de la región de Alcalá, que fue célebre por su cátedra
de latinidad.

Don Eleuterio.—Pues la comedia ha de gustar, mal que le pese.

Don Antonio.—Sí, señor, gustará. Voy a ver si le alcanzo, y *velis nolis,* he de hacer que la vea para castigarle.

Don Eleuterio.—Buen pensamiento; sí, vaya usted.

Don Antonio.—En mi vida he visto locos más locos.

ESCENA VI

Don Hermógenes, Don Eleuterio

Don Eleuterio.—¡Llamar detestable a la comedia! ¡Vaya, que estos hombres gastan un lenguaje que da gozo oírle!

Don Hermógenes.—*Aquila non capit muscas* [32], don Eleuterio. Quiero decir que no haga usted caso. A la sombra del mérito crece la envidia. A mí me sucede lo mismo. Ya ve usted si yo sé algo...

Don Eleuterio.—¡Oh!

Don Hermógenes.—Digo, me parece que (sin vanidad) pocos habrá que...

Don Eleuterio.—Ninguno. Vamos; tan completo como usted, ninguno.

Don Hermógenes.—Que reúnan el ingenio a la erudición, la aplicación al gusto, del modo que yo (sin alabarme) he llegado a reunirlos. ¿Eh?

Don Eleuterio.—Vaya, de eso no hay que hablar: es más claro que el sol que nos alumbra.

Don Hermógenes.—Pues bien; a pesar de eso, hay quien me llama pedante, y casquivano, y animal cuadrúpedo. Ayer, sin ir más lejos, me lo dijeron en

---

[32] «El águila no caza moscas».

la Puerta del Sol, delante de cuarenta o cincuenta personas.

DON ELEUTERIO.—¡Picardía! Y usted ¿qué hizo?

DON HERMÓGENES.—Lo que debe hacer un gran filósofo; callé, tomé un polvo y me fui a oír una misa a la Soledad[33].

DON ELEUTERIO.—Envidia todo, envidia. ¿Vamos arriba?

DON HERMÓGENES.—Esto lo digo para que usted se anime, y le aseguro que los aplausos que... Pero dígame usted: ¿ni siquiera una onza de oro le han querido adelantar a usted a cuenta de los quince doblones de la comedia?

DON ELEUTERIO.—Nada, ni un ochavo. Ya sabe usted las dificultades que ha habido para que esa gente la reciba. Por último, hemos quedado en que no han de darme nada hasta ver si la pieza gusta o no.

DON HERMÓGENES.—¡Oh!, ¡corvas almas! Y precisamente en la ocasión más crítica para mí. Bien dice Tito Livio que cuando...

DON ELEUTERIO.—Pues ¿qué hay de nuevo?

DON HERMÓGENES.—Ese bruto de mi casero... El hombre más ignorante que conozco. Por año y medio que le debo de alquileres me pierde el respeto, me amenaza...

DON ELEUTERIO.—No hay que afligirse. Mañana o esotro es regular que me den el dinero; pagaremos a ese bribón, y si tiene usted algún pico en la hostería, también se...

DON HERMÓGENES.—Sí, aún hay un piquillo; cosa corta.

DON ELEUTERIO.—Pues bien; con la impresión lo menos ganaré cuatro mil reales.

---

[33] La capilla de Nuestra Señora de la Soledad, en la carrera de San Jerónimo.

Don Hermógenes.—Lo menos. Se vende toda seguramente.*(Vase* Pipí *por la puerta del foro.)*

Don Eleuterio.—Pues con ese dinero saldremos de apuros; se adornará el cuarto nuevo: unas sillas, una cama y algún otro chisme. Se casa usted. Mariquita, como usted sabe, es aplicada, hacendosilla y muy mujer; ustedes estarán en mi casa continuamente. Yo iré dando las otras cuatro comedias que, pegando la de hoy, las recibirán los cómicos con palio. Pillo la moneda, las imprimo, se venden; entre tanto, ya tendré algunas hechas y otras en el telar. Vaya, no hay que temer. Y, sobre todo, usted saldrá colocado de hoy a mañana: una intendencia, una toga, una embajada, ¿qué sé yo? Ello es que el ministro le estima a usted, ¿no es verdad?

Don Hermógenes.—Tres visitas le hago cada día...

Don Eleuterio.—Sí, apretarle, apretarle. Subamos arriba, que las mujeres ya estarán...

Don Hermógenes.—Diecisiete memoriales le he entregado la semana última.

Don Eleuterio.—¿Y qué dice?

Don Hermógenes.—En uno de ellos puse por lema aquel celebérrimo dicho del poeta: *Pallida mors aequo pulsat pede pauperum tabernas regumque turres*[34].

Don Eleuterio.—¿Y qué dijo cuando leyó eso de las tabernas?

Don Hermógenes.—Que bien; que ya está enterado de mi solicitud.

Don Eleuterio.—Pues no le digo a usted. Vamos, eso está conseguido.

Don Hermógenes.—Mucho lo deseo para que a este consorcio apetecido acompañe el episodio de

---

[34] «La pálida muerte golpea con igual pie las cabañas de los pobres y los castillos de los pudientes» (Horacio, *Odas,* libro primero, IV).

tener qué comer, puesto que *sine Cerere et Baccho friget Venus*[35]. Y entonces, ¡oh!, entonces... Con un buen empleo y la blanca mano de Mariquita, ninguna otra cosa me queda que apetecer sino que el cielo me conceda numerosa y masculina sucesión. *(Vanse por la puerta del foro.)*

---

[35] «Sin Ceres ni Baco (sin pan ni vino) se enfría Venus (el amor)», frase proverbial.

ACTO II

ESCENA I

DOÑA AGUSTINA, DOÑA MARIQUITA,
DON SERAPIO, DON HERMÓGENES,
DON ELEUTERIO

(Salen por la puerta del foro)

DON SERAPIO.—El trueque de los puñales, créame usted, es de lo mejor que se ha visto.

DON ELEUTERIO.—¿Y el sueño del emperador?

DOÑA AGUSTINA.—¿Y la oración que hace el visir a sus ídolos?

DOÑA MARIQUITA.—Pero a mí me parece que no es regular que el emperador se durmiera precisamente en la ocasión más...

DON HERMÓGENES.—Señora, el sueño es natural en el hombre, y no hay dificultad en que un emperador se duerma, porque los vapores húmedos que suben al cerebro...

DOÑA AGUSTINA.—Pero ¿usted hace caso de ella? ¡Qué tonteria! Si no sabe lo que se dice. Y a todo esto, ¿qué hora tenemos?

DON SERAPIO.—Serán... Deje usted... Podrán ser ahora...

DON HERMÓGENES.—Aquí está mi reloj, que es puntualísimo. Tres y media cabales.

Doña Agustina.—¡Oh!, pues aún tenemos tiempo. Sentémonos, una vez que no hay gente. (*Siéntanse todos menos* Don Eleuterio.)

Don Serapio.—¿Qué gente ha de haber? Si fuera en otro cualquier día... Pero hoy todo el mundo va a la comedia.

Doña Agustina.—Estará lleno, lleno

Don Serapio.—Habrá hombre que dará esta tarde dos medallas [36] por un asiento de luneta [37].

Don Eleuterio.—Ya se ve, comedia nueva, autor nuevo, y...

Doña Agustina.—Y que ya la habrán leído muchísimos y sabrán lo que es. Vaya, no cabrá un alfiler, aunque fuera el coliseo siete veces más grande.

Don Serapio.—Hoy los Chorizos [38] se mueren de frío y de miedo. Ayer noche apostaba yo al marido de la graciosa seis onzas de oro a que no tienen esta tarde en su corral cien reales de entrada.

Don Eleuterio.—¿Conque la apuesta se hizo en efecto, eh?

Don Serapio.—No llegó el caso, porque yo no tenía en el bolsillo más que dos reales y unos cuartos... Pero ¡cómo los hice rabiar! y qué...

Don Eleuterio.—Soy con ustedes; voy aquí a la librería y vuelvo.

Doña Agustina.—¿A qué?

Don Eleuterio.—¿No te lo he dicho? Si encargué que me trajesen ahí la razón de lo que va vendido, para que...

Doña Agustina.—Sí, es verdad. Vuelve pronto.

Don Eleuterio.—Al instante.

---

[36] Doblón de a ocho u onza de oro: 320 reales; suma cuantiosa.
[37] Véase *Introducción,* pág. 15.
[38] Los «hinchas» de la compañía de Manuel Martínez, opuestos a los partidarios de la de Eusebio Ribera, llamados Polacos.

ESCENA II

Doña Agustina, Doña Mariquita, Don Serapio, Don Hermógenes

Doña Mariquita.—¡Qué inquietud! ¡Qué ir y venir! No para este hombre.

Doña Agustina.—Todo se necesita, hija; y si no fuera por su buena diligencia y lo que él ha minado y revuelto, se hubiera quedado con su comedia escrita y su trabajo perdido.

Doña Mariquita.—¿Y quién sabe lo que sucederá todavía, hermana? Lo cierto es que yo estoy en brasas; porque, vaya, si la silban, yo no sé lo que será de mí.

Doña Agustina.—Pero ¿por qué la han de silbar, ignorante? ¡Qué tonta eres y qué falta de comprensión!

Doña Mariquita.—Pues siempre me está usted diciendo eso. *(Sale* Pipí *por la puerta del foro con platos, botellas, etc. Lo deja todo en el mostrador y vuelve a irse por la misma parte.)* Vaya, que algunas veces me... ¡Ay, don Hermógenes! No sabe usted qué ganas tengo de ver estas cosas concluidas y poderme ir a comer un pedazo de pan con quietud a mi casa, sin tener que sufrir tales sinrazones.

Don Hermógenes.—No el pedazo de pan, sino ese hermoso pedazo de cielo, me tiene a mí impaciente hasta que se verifique el suspirado consorcio.

Doña Mariquita.—¡Suspirado, sí, suspirado! Quién le creyera a usted.

Don Hermógenes.—Pues ¿quién ama tan de veras como yo? Cuando ni Píramo[39], ni Marco

---

[39] Joven babilonio, célebre por sus amores trágicos con Tisbe, contados por Ovidio.

Antonio, ni los Tolomeos egipcios, ni todos los Seleucidas de Asiria sintieron jamás un amor comparable al mío.

DOÑA AGUSTINA.—¡Discreta hipérbole! Viva, viva. Respóndele, bruto.

DOÑA MARIQUITA.—¿Qué he de responder, señora, si no le he entendido una palabra?

DOÑA AGUSTINA.—¡Me desespera!

DOÑA MARIQUITA.—Pues digo bien. ¿Qué sé yo quién son esas gentes de quien está hablando? Mire usted, para decirme: Mariquita, yo estoy deseando que nos casemos; así que su hermano de usted coja esos cuartos, verá usted cómo todo se dispone, porque la quiero a usted mucho, y es usted muy guapa muchacha, y tiene usted unos ojos muy peregrinos, y... ¿qué se yo? Así. Las cosas que dicen los hombres.

DOÑA AGUSTINA.—Sí, los hombres ignorantes, que no tienen crianza ni talento ni saben latín.

DOÑA MARIQUITA.—¡Pues, latín! Maldito sea su latín. Cuando le pregunto cualquiera friolera, casi siempre me responde en latín, y para decir que se quiere casar conmigo me cita tantos autores... Mire usted qué entenderán los autores de eso ni qué les importará a ellos que nosotros nos casemos o no.

DOÑA AGUSTINA.—¡Qué ignorancia! Vaya, don Hermógenes; lo que le he dicho a usted. Es menester que usted se dedique a instruirla y descortezarla, porque, la verdad, esa estupidez me avergüenza. Yo, bien sabe Dios que no he podido más; ya se ve: ocupada continuamente en ayudar a mi marido en sus obras, en corregírselas (como usted habrá visto muchas veces), en sugerirle ideas a fin de que salgan con la debida perfección, no he tenido tiempo para emprender su enseñanza. Por otra parte, es increíble lo que aquellas criaturas me molestan. El uno que llora, el otro que quiere mamar, el otro que rompió la taza, el otro que se cayó de la silla, me tienen continuamente afanada. Vaya; yo le he dicho mil veces; para las mujeres instruidas es un tormento la fecundidad.

DOÑA MARIQUITA.—¡Tormento! ¡Vaya, hermana, que usted es singular en todas sus cosas! Pues yo, si me caso, bien sabe Dios que...

DOÑA AGUSTINA.—Calla, majadera, que vas a decir un disparate.

DON HERMÓGENES.—Yo la instruiré en las ciencias abstractas; la enseñaré la prosodia; haré que copie a ratos perdidos el *Arte magna* de Raimundo Lulio[40], y que me recite de memoria todos los martes dos o tres hojas del diccionario de Rubiños[41]. Después aprenderá los logaritmos y algo de la estática; después...

DOÑA MARIQUITA.—Después me dará un tabardillo pintado y me llevará Dios. ¡Se habrá visto tal empeño! No, señor; si soy ignorante, buen provecho me haga. Yo sé escribir y ajustar una cuenta, sé guisar, sé planchar, sé coser, sé zurcir, sé bordar, sé cuidar una casa; yo cuidaré de la mía, y de mi marido, y de mis hijos, y yo me los criaré. Pues, señor, ¿no sé bastante? Que por fuerza he de ser doctora y marisabidilla, y que he de aprender la gramática, y que he de hacer coplas, ¿para qué? ¿Para perder el juicio? Que permita Dios si no parece casa de locos la nuestra desde que mi hermano ha dado en esas manías. Siempre disputando marido y mujer sobre si la escena es larga o corta, siempre contando las letras por los dedos para saber si los versos están cabales o no, si el lance a oscuras ha de ser antes de la batalla o después del veneno, y manoseando continuamente *Gacetas* y *Mercurios*[42] para buscar nombres bien extravagantes, que casi todos acaban en *of*

---

[40]   *Ars magna* del mallorquín Ramón Llull (1233-1315).
[41]   López Rubiños realizó en 1754 una edición del *Vocabulario latino-español* de Nebrija.
[42]   La *Gazeta de Madrid* y el *Mercurio de España,* periódicos de información.

y en *graf*[43], para rebutir con ellos sus relaciones... Y entre tanto, ni se barre el cuarto, ni la ropa se lava, ni las medias se cosen, y lo que es peor, ni se come, ni se cena. ¿Qué le parece a usted que comimos el domingo pasado, don Serapio?

DON SERAPIO.—Yo, señora, ¿cómo quiere usted que...?

DOÑA MARIQUITA.—Pues lléveme Dios si todo el banquete no se redujo a libra y media de pepinos, bien amarillos y bien gordos, que compré a la puerta, y un pedazo de rosca que sobró del día anterior. Y éramos seis bocas a comer, que el más desganado se hubiera engullido un cabrito y media hornada sin levantarse del asiento.

DOÑA AGUSTINA.—Ésta es su canción; siempre quejándose de que no come y trabaja mucho. Menos como yo, y más trabajo en un rato que me ponga a corregir alguna escena, o arreglar la ilusión de una catástrofe, que tú cosiendo y fregando, u ocupada en otros ministerios viles y mecánicos.

DON HERMÓGENES.—Sí, Mariquita, sí; en eso tiene razón mi señora doña Agustina. Hay gran diferencia de un trabajo a otro, y los experimentos cotidianos nos enseñan que toda mujer que es literata y sabe hacer versos, *ipso facto* se halla exonerada de las obligaciones domésticas. Yo lo probé en una disertación que leí a la Academia de los Cinocéfalos. Allí sostuve que los versos se confeccionan con la glándula pineal, y los calzoncillos con los tres dedos llamados *pollex, index* e *infamis*, que es decir, que para lo primero se necesita toda la argucia del ingenio, cuando para lo segundo basta sólo la costumbre de la mano. Y concluí, a satisfacción de todo mi

---

[43]   En una nota de sus *Obras póstumas* (I, pág. 132), Moratín hace una lista de los nombres germánicos o eslavos que se daban a los protagonistas de las contemporáneas comedias heroicas. En una sola página del *Mercurio* de junio de 1791 aparecen veinte nombres de este tipo.

auditorio que es más difícil hacer un soneto que
pegar un hombrillo; y que más elogio merece la mujer
que sepa componer décimas y redondillas, que la que
sólo es buena para hacer un pisto con tomate, un ajo
de pollo o un carnero verde.

DOÑA MARIQUITA.—Aun por eso en mi casa no se
gastan pistos, ni carneros verdes, ni pollos, ni ajos.
Ya se ve, en comiendo versos no se necesita cocina.

DON HERMÓGENES.—Bien está, sea lo que usted
quiera, ídolo mío; pero si hasta ahora se ha padecido
alguna estrechez *(angustan pauperiem,* que dijo el
profano) [44] de hoy en adelante será otra cosa.

DOÑA MARIQUITA.—¿Y qué dice el profano? ¿Que
no silbarán esta tarde la comedia?

DON HERMÓGENES.—No, señora; la aplaudirán.

DON SERAPIO.—Durará un mes, y los cómicos se
cansarán de representarla.

DOÑA MARIQUITA.—No, pues no decían eso ayer
los que encontramos en la botillería. ¿Se acuerda
usted, hermana? Y aquel más alto, a fe que no se
mordía la lengua.

DON SERAPIO.—¿Alto? ¿Uno alto, eh? Ya le conozco. *(Levántase.)* ¡Picarón, vicioso! Uno de capa
que tiene un chirlo en las narices. ¡Bribón! Ése es un
oficial de guarnicionero, muy apasionado, muy apasionado de la otra compañía. ¡Alborotador! Que él
fue el que tuvo la culpa de que silbaran la comedia de
El monstruo más espantable del ponto de Calidonia [45],
que la hizo un sastre, pariente de un vecino mío; pero
yo le aseguro al...

DOÑA MARIQUITA.—¿Qué tonterías está usted ahí
diciendo? Si no es ése de quien yo hablo.

------

[44] «Angustam amice pauperiem pati...» (Horacio, *Odas,* libro
tercero, II).
[45] Título estrafalario que parodia los de varias comedias
taquilleras de la época. Lo de «sastre» debe de ser alusión al
difunto autor de *Pedro Vayalarde* (véase *Introducción,* pág. 19).

DON SERAPIO.—Sí, uno alto, mala traza, con una señal que le coge...

DOÑA MARIQUITA.—Si no es ése.

DON SERAPIO.—¡Mayor gatallón! ¡Y qué mala vida dio a su mujer! ¡Pobrecita! Lo mismo la trataba que a un perro.

DOÑA MARIQUITA.—Pero si no es ése, dale. ¿A qué viene cansarse? Éste era un caballero muy decente que no tiene ni capa ni chirlo, ni se parece en nada al que usted nos pinta.

DON SERAPIO.—Ya; pero voy al decir. ¡Unas ganas tengo de pillar al tal guarnicionero! No irá esta tarde al patio, que si fuera..., ¡eh!... Pero el otro día qué cosas le dijimos allí en la plazuela de San Juan. Empeñado en que la otra compañía es la mejor, y que no hay quien la tosa. ¿Y saben ustedes *(Vuelve a sentarse)* por qué es todo ello? Porque los domingos por la noche se van él y otros de su pelo a casa de la Ramírez[46], y allí se están retozando en el recibimiento con la criada; después les saca un poco de queso, o unos pimientos en vinagre[47], o así; y luego se van a palmotear como desesperados a las barandillas[48] y al degolladero[49]. Pero no hay remedio; ya estamos prevenidos los apasionados de acá; y a la primera comedia que echen en el otro corral, zas, sin remisión, a silbidos se ha de hundir la casa. A ver...

---

[46]   Una actriz, cuyo nombre es invención de Moratín.

[47]   Esta referencia a una comida propia de gente plebeya suscitó una bronca el día del estreno por considerarse aludidos despectivamente los apasionados de la otra compañía que habían venido a silbar la comedia de Moratín.

[48]   Los asientos de barandilla eran como si dijéramos los de primera fila de las gradas, y estaban separados del patio por una barandilla.

[49]   División de madera que separaba el patio de la luneta, conteniendo el empuje de los espectadores de pie; por llegar la viga de la parte superior al nivel del cuello de éstos se llamó degolladero.

DOÑA MARIQUITA.—¿Y si ellos nos ganasen por la mano, y hacen con la de hoy otro tanto?

DOÑA AGUSTINA.—Sí, te parecerá que tu hermano es lerdo, y que ha trabajado poco estos días para que no le suceda un chasco. Él se ha hecho ya amigo de los principales apasionados del otro corral; ha estado con ellos; les ha recomendado la comedia y les ha prometido que la primera que componga será para su compañía. Además de eso, la dama de allá le quiere mucho; él va todos los días a su casa a ver si se la ofrece algo, y cualquiera cosa que allí ocurre nadie la hace sino mi marido. «Don Eleuterio, tráigame usted un par de libras de manteca. Don Eleuterio, eche usted un poco de alpiste a ese canario. Don Eleuterio, dé usted una vuelta por la cocina y vea usted si empieza a espumar aquel puchero.» Y él, ya se ve, lo hace todo con una prontitud y un agrado, que no hay más que pedir; porque, en fin, el que necesita es preciso que... Y, por otra parte, como él, bendito sea Dios, tiene tal gracia para cualquier cosa, y es tan servicial con todo el mundo. ¡Qué silbar! No, hija, no hay que temer; a buenas aldabas se ha agarrado él para que le silben.

DON HERMÓGENES.—Y, sobre todo, el sobresaliente mérito del drama bastaría para imponer taciturnidad y admiración a la turba más gárrula, más desenfrenada e insipiente.

DOÑA AGUSTINA.—Pues ya se ve. Figúrese usted una comedia heroica como ésta, con más de nueve lances que tiene. Un desafío a caballo por el patio, tres batallas, dos tempestades, un entierro, una función de máscara, un incendio de ciudad, un puente roto, dos ejercicios de fuego y un ajusticiado; figúrese usted si esto ha de gustar precisamente.

DON SERAPIO.—¡Toma si gustará!

DON HERMÓGENES.—Aturdirá.

DON SERAPIO.—Se despoblará Madrid por ir a verla.

DOÑA MARIQUITA.—Y a mí me parece que unas comedias así debían representarse en la plaza de los toros.

ESCENA III

DON ELEUTERIO, DOÑA AGUSTINA, DOÑA MARIQUITA, DON SERAPIO, DON HERMÓGENES

DOÑA AGUSTINA.—Y bien, ¿qué dice el librero? ¿Se despachan muchas?

DON ELEUTERIO.—Hasta ahora...

DOÑA AGUSTINA.—Deja; me parece que voy a acertar: habrá vendido... ¿Cuándo se pusieron los carteles?

DON ELEUTERIO.—Ayer por la mañana. Tres o cuatro hice poner en cada esquina.

DON SERAPIO.—¡Ah!, y cuide usted *(Levántase)* que les pongan buen engrudo, porque si no...

DON ELEUTERIO.—Sí, que no estoy en todo. Como que yo mismo lo hice con esa mira, y lleva una buena parte de cola.

DOÑA AGUSTINA.—El *Diario* y la *Gaceta* la han anunciado ya; ¿es verdad?

DON HERMÓGENES.—En términos precisos.

DOÑA AGUSTINA.—Pues irán vendidos... quinientos ejemplares.

DON SERAPIO.—¡Qué friolera! Y más de ochocientos también.

DOÑA AUSTINA.—¿He acertado?

DON SERAPIO.—¿Es verdad que pasan de ochocientos?

DON ELEUTERIO.—No, señor; no es verdad. La verdad es que hasta ahora, según me acaban de decir, no se han despachado más que tres ejemplares; y esto me da malísima espina.

DON SERAPIO.—¿Tres no más? Harto poco es.

DOÑA AGUSTINA.—Por vida mía, que es bien poco.

DON HERMÓGENES.—Distingo. Poco, absolutamente hablando, niego; respectivamente, concedo; porque nada hay que sea poco ni mucho *per se,* sino respectivamente [50]. Y así, si los tres ejemplares vendidos constituyen una cantidad tercia con relación a nueve, y bajo este respecto los dichos tres ejemplares se llaman poco, también estos mismos tres ejemplares relativamente a uno componen una triplicada cantidad, a la cual podemos llamar mucho por la diferencia que va de uno a tres. De donde concluyo: que no es poco lo que se ha vendido y que es falta de ilustración sostener lo contrario.

DOÑA AGUSTINA.—Dice bien, muy bien

DON SERAPIO.—¡Qué! ¡Si en poniéndose a hablar este hombre!...

DOÑA MARIQUITA.—Pues en poniéndose a hablar probará que lo blanco es verde, y que dos y dos son veinte y cinco. Yo no entiendo tal modo de sacar cuentas... Pero al cabo y al fin, las tres comedias que se han vendido hasta ahora, ¿serán más que tres?

DON ELEUTERIO.—Es verdad; y en suma, todo el importe no pasará de seis reales.

DOÑA MARIQUITA.—Pues, seis reales, cuando esperábamos montes de oro con la tal impresión. Ya voy yo viendo que si mi boda no se ha de hacer hasta que todos esos papelotes se despachen, me llevarán con palma a la sepultura. *(Llorando.)* ¡Pobrecita de mí!

DON HERMÓGENES.—No así, hermosa Mariquita, deperdicie usted el tesoro de perlas que una y otra luz derrama.

---

[50] Parodia de argumentación escolástica.

DOÑA MARIQUITA.—¡Perlas! Si yo pudiera llorar perlas, no tendría mi hermano necesidad de escribir disparates.

ESCENA IV

DON ANTONIO, DON ELEUTERIO, DON HERMÓGENES, DON SERAPIO, DOÑA AGUSTINA, DOÑA MARIQUITA

DON ANTONIO.—A la orden de ustedes, señores.

DON ELEUTERIO.—Pues ¿cómo tan presto? ¿No dijo usted que iría a ver la comedia?

DON ANTONIO.—En efecto, he ido. Allí queda don Pedro.

DON ELEUTERIO.—¿Aquél caballero de tan mal humor?

DON ANTONIO.—El mismo. Que quieras que no, le he acomodado *(Sale* PIPÍ *por la puerta del foro con un canastillo de manteles, cubiertos, etc., y le pone sobre el mostrador)* en el palco de unos amigos. Yo creí tener luneta segura; ¡pero qué!, ni luneta, ni palcos, ni tertulia [51], ni cubillos [52]; no hay asiento en ninguna parte.

DOÑA AGUSTINA.—Si lo dije.

DON ANTONIO.—Es mucha la gente que hay.

DON ELEUTERIO.—Pues no, no es cosa de que usted se quede sin verla. Yo tengo palco. Véngase usted con nosotros, y todos nos acomodaremos.

DOÑA AGUSTINA.—Sí, puede usted venir con toda satisfacción, caballero.

DON ANTONIO.—Señora, doy a usted mil gracias por su atención; pero ya no es cosa de volver allá.

---

[51]   Corredor en la parte más alta del teatro, encima de los palcos terceros.
[52]   Aposento situado a cada lado de la embocadura, debajo de los palcos primeros.

Cuando yo salí se empezaba la primer tonadilla; conque...

DON SERAPIO.—¿La tonadilla?

DOÑA MARIQUITA.—¿Qué dice usted? *(Levántanse todos.)*

DON ELEUTERIO.—¿La tonadilla?

DOÑA AGUSTINA.—Pues ¿cómo han empezado tan presto?

DON ANTONIO.—No, señora; han empezado a la hora regular.

DOÑA AGUSTINA.—No puede ser; si ahora serán...

DON HERMÓGENES.—Yo lo diré *(Saca el reloj):* las tres y media en punto.

DOÑA MARIQUITA.—¡Hombre! ¿Qué tres y media? Su reloj de usted está siempre en las tres y media.

DOÑA AGUSTINA.—A ver... *(Toma el reloj de* DON HERMÓGENES, *le aplica el oído y se le vuelve.)* ¡Si está parado!

DON HERMÓGENES.—Es verdad. Esto consiste en que la elasticidad del muelle espiral...

DOÑA MARIQUITA.—Consiste en que está parado, y nos ha hecho usted perder la mitad de la comedia. Vamos, hermana.

DOÑA AGUSTINA.—Vamos.

DON ELEUTERIO.—¡Cuidado que es cosa particular! ¡Voto va sanes! La casualidad de...

DOÑA MARIQUITA.—Vamos pronto. ¿Y mi abanico?

DON SERAPIO.—Aquí está.

DON ANTONIO.—Llegarán ustedes al segundo acto.

DOÑA MARIQUITA.—Vaya, que este don Hermógenes...

DOÑA AGUSTINA.—Quede usted con Dios, caballero.

DOÑA MARIQUITA.—Vamos aprisa.

DON ANTONIO.—Vayan ustedes con Dios.

DON SERAPIO.—A bien que cerca estamos.

DON ELEUTERIO.—Cierto que ha sido chasco estarnos así, fiados en...

DOÑA MARIQUITA.—Fiados en el maldito reloj de don Hermógenes.

ESCENA V

DON ANTONIO, PIPÍ

DON ANTONIO.—¿Conque estas dos son la hermana y la mujer del autor de la comedia?

PIPÍ.—Sí, señor.

DON ANTONIO.—¡Qué paso llevan! Ya se ve, se fiaron del reloj de don Hermógenes.

PIPÍ.—Pues yo no sé qué será, pero desde la ventana de arriba se ve salir mucha gente del coliseo.

DON ANTONIO.—Serán los del patio, que estarán sofocados. Cuando yo me vine quedaban dando voces para que les abriesen las puertas. El calor es muy grande, y, por otra parte, meter cuatro donde no caben más que dos es un despropósito; pero lo que importa es cobrar a la puerta, y mas que revienten dentro.

ESCENA VI

DON PEDRO, DON ANTONIO, PIPÍ

DON ANTONIO.—¡Calle! ¿Ya está usted por acá? Pues y la comedia, ¿en qué estado queda?

DON PEDRO.—Hombre, no me hable usted de comedia *(Siéntase)*, que no he tenido rato peor muchos meses ha.

DON ANTONIO.—Pues ¿qué ha sido ello? *(Sentándose junto a DON PEDRO.)*

DON PEDRO.—¿Qué ha de ser? Que he tenido que sufrir (gracias a la recomendación de usted) casi todo el primer acto, y por añadidura una tonadilla insípida y desvergonzada, como es costumbre. Hallé la ocasión de escapar y aproveché.

DON ANTONIO.—¿Y qué tenemos en cuanto al mérito de la pieza?

DON PEDRO.—Que cosa peor no se ha visto en el teatro desde que las musas de guardilla le abastecen... Si tengo hecho propósito firme de no ir jamás a ver esas tonterías. A mí no me divierten; al contrario, me llenan de, de... No, señor, menos me enfada cualquiera de nuestras comedias antiguas, por malas que sean. Están desarregladas, tienen disparates; pero aquellos disparates y aquel desarreglo son hijos del ingenio y no de la estupidez. Tienen defectos enormes, es verdad; pero entre estos defectos se hallan cosas que, por vida mía, tal vez suspenden y conmueven al espectador en términos de hacerle olvidar o disculpar cuantos desaciertos han precedido. Ahora, compare usted nuestros autores adocenados del día con los antiguos, y dígame si no valen más Calderón, Solís, Rojas, Moreto, cuando deliran, que estotros cuando quieren hablar en razón.

DON ANTONIO.—La cosa es tan clara, señor don Pedro, que no hay nada que oponer a ella; pero, dígame usted, el pueblo, el pobre pueblo, ¿sufre con paciencia ese espantable comedión?

DON PEDRO.—No tanto como el autor quisiera, porque algunas veces se ha levantado en el patio una mareta sorda que traía visos de tempestad. En fin, se acabó el acto muy oportunamente; pero no me atreveré a pronosticar el éxito de la tal pieza, porque aunque el público está ya muy acostumbrado a oír desatinos, tan garrafales como los de hoy jamás se oyeron.

DON ANTONIO.—¿Qué dice usted?

DON PEDRO.—Es increíble. Allí no hay más que un hacinamiento confuso de especies, una acción informe, lances inverosímiles, episodios inconexos, caracteres mal expresados o mal escogidos; en vez de artificio, embrollo; en vez de situaciones cómicas [53], mamarrachadas de linterna mágina. No hay conocimiento de historia ni de costumbres; no hay objeto moral; no hay lenguaje, ni estilo, ni versificación, ni gusto, ni sentido común. En suma, es tan mala y peor que las otras con que nos regalan todos los días.

DON ANTONIO.—Y no hay que esperar nada mejor. Mientras el teatro siga en el abandono en que hoy está, en vez de ser el espejo de la virtud y el templo del buen gusto, será la escuela del error y el almacén de las extravagancias.

DON PEDRO.—Pero ¿no es fatalidad que después de tanto como se ha escrito por los hombres más doctos de la nación sobre la necesidad de su reforma [54], se han de ver todavía en nuestra escena espectáculos tan infelices? ¿Qué pensarán de nuestra cultura los extranjeros que vean la comedia de esta tarde? ¿Qué dirán cuando lean las que se imprimen continuamente?

DON ANTONIO.—Digan lo que quieran, amigo don Pedro, ni usted ni yo podemos remediarlo. ¿Y qué haremos? Reír o rabiar; no hay otra alternativa... Pues yo más quiero reír que impacientarme.

DON PEDRO.—Yo no, porque no tengo serenidad para eso. Los progresos de la literatura, señor don Antonio, interesan mucho al poder, a la gloria y a la conservación de los imperios; el teatro influye inmediatamente en la cultura nacional; el nuestro está perdido, y yo soy muy español.

DON ANTONIO.—Con todo, cuando se ve que... Pero ¿qué novedad es ésta?

---

[53] Dramáticas.
[54] Ésta se realizará, de manera efímera, a partir de 1800.

ESCENA VII

D<small>ON</small> S<small>ERAPIO</small>, D<small>ON</small> H<small>ERMÓGENES</small>, D<small>ON</small> P<small>EDRO</small>,
D<small>ON</small> A<small>NTONIO</small>, P<small>IPÍ</small>

D<small>ON</small> S<small>ERAPIO</small>.—Pipí, muchacho. Corriendo, por
Dios, un poco de agua.

D<small>ON</small> A<small>NTONIO</small>.—¿Qué ha sucedido? *(Se levantan*
D<small>ON</small> A<small>NTONIO</small> *y* D<small>ON</small> P<small>EDRO</small>.)

D<small>ON</small> S<small>ERAPIO</small>.—No te pares en enjuagatorios.
Aprisa.

P<small>IPÍ</small>.—Voy, voy allá.

D<small>ON</small> S<small>ERAPIO</small>.—Despáchate.

P<small>IPÍ</small>.—¡Por vida del hombre! (P<small>IPÍ</small> *va detrás de* D<small>ON</small>
S<small>ERAPIO</small> *con un vaso de agua.* D<small>ON</small> H<small>ERMÓGENES</small>,
*que sale apresurado, tropieza con él y deja caer el vaso
y el plato.)* ¿Por qué no mira usted?

D<small>ON</small> H<small>ERMÓGENES</small>.—¿No hay alguno de ustedes
que tenga por ahí un poco de agua de melisa, elixir,
extracto, aroma, álcali volátil, éter, vitriólico, o cualquiera quinta esencia antiespasmódica, para entonar
el sistema nervioso de una dama exánime?

D<small>ON</small> A<small>NTONIO</small>.—Yo no, no traigo.

D<small>ON</small> P<small>EDRO</small>.—Pero ¿qué ha sido? ¿Es accidente?

ESCENA VIII

DOÑA AGUSTINA, DOÑA MARIQUITA, DON
ELEUTERIO, DON HERMÓGENES, DON SERAPIO,
DON PEDRO, DON ANTONIO, PIPÍ

DON ELEUTERIO.—Sí, es mucho mejor hacer lo
que dice don Serapio. (DOÑA AGUSTINA, *muy acon-
gojada, sostenida por* DON ELEUTERIO *y* DON SERA-
PIO. *La hacen que se siente.* PIPÍ *trae otro vaso de
agua, y ella bebe un poco.*)
DON SERAPIO.—Pues ya se ve, Anda, Pipí; en tu
cama podrá descansar esta señora.
PIPÍ.—¡Qué! Si está en un camaranchón que...
DON ELEUTERIO.—No importa.
PIPÍ.—¡La cama! La cama es un jergón de arpille-
ra y...
DON SERAPIO.—¿Qué quiere decir eso?
DON ELEUTERIO.—No importa nada. Allí estará
un rato, y veremos si es cosa de llamar a un sangra-
dor.
PIPÍ.—Yo bien, si ustedes...
DOÑA AGUSTINA.—No, no es menester.
DOÑA MARIQUITA.—¿Se siente usted mejor, her-
mana?
DON ELEUTERIO.—¿Te vas aliviando?
DOÑA AGUSTINA.—Alguna cosa.
DON SERAPIO.—¡Ya se ve! El lance no era para
menos.
DON ANTONIO.—Pero ¿se podrá saber qué especie
de insulto ha sido éste?
DON ELEUTERIO.—¿Qué ha de ser, señor; qué ha
de ser? Que hay gente envidiosa y mal intencionada
que... ¡Vaya! No me hable usted de eso; porque...
¡Picarones! ¿Cuándo han visto ellos comedia mejor?
DON PEDRO.—No acabo de comprender.
DOÑA MARIQUITA.—Señor, la cosa es bien senci-

lla. El señor es hermano mío, marido de esta señora y autor de esa maldita comedia que han echado hoy. Hemos ido a verla; cuando llegamos estaban ya en el segundo acto. Allí había una tempestad, y luego un consejo de guerra, y luego un baile, y después un entierro... En fin, ello es que al cabo de·esta tremolina salía la dama con un chiquillo de la mano, y ella y el chico rabiaban de hambre; el muchacho decía: «Madre, deme usted pan», y la madre invocaba a Demogorgón y al Cancerbero. Al llegar a nosotros se empezaba este lance de madre e hijo... El patio estaba tremendo. ¡Qué oleadas! ¡Qué toser! ¡Qué estornudos! ¡Qué bostezar! ¡Qué ruido confuso por todas partes!... Pues, señor, como digo, salió la dama, y apenas hubo dicho que no había comido en seis días, y apenas el chico empezó a pedirla pan, y ella a decirle que no le tenía, cuando, para servir a ustedes, la gente que a la cuenta estaba ya hostigada de la tempestad, del consejo de guerra, del baile y del entierro comenzó de nuevo a alborotarse. El ruido se aumenta; suenan bramidos por un lado y otro, y empieza tal descarga de palmadas huecas, y tal golpeo en los bancos y barandillas, que no parecía sino que toda la casa se venía al suelo. Corrieron el telón; abrieron las puertas; salió renegando toda la gente; a mi hermana se le oprimió el corazón, de manera que... En fin, ya está mejor, que es lo principal. Aquello no ha sido ni oído ni visto; en un instante, entrar en el palco y suceder lo que acabo de contar, todo ha sido a un tiempo. ¡Válgame Dios! ¡En lo que han ido a parar tantos proyectos! Bien decía yo que era imposible que... *(Siéntase junto a* DOÑA AGUSTINA.)

DON ELEUTERIO.—¡Y que no ha de haber justicia para esto! Don Hermógenes, amigo don Hermógenes, usted bien sabe lo que es la pieza; informe usted a estos señores... Tome usted. *(Saca la comedia y se la da a* DON HERMÓGENES.*)* Léales usted todo el segundo acto, y que me digan si una mujer que no ha comido en seis días tiene razón de morirse, y si es mal parecido que un chico de cuatro años pida pan a su madre. Lea usted, lea usted, y que me digan si hay conciencia ni ley de Dios para haberme asesinado de esta manera.

DON HERMÓGENES.—Yo, por ahora amigo don Eleuterio, no puedo encargarme de la lectura del drama. *(Deja la comedia sobre una mesa.* PIPÍ *la toma, se sienta en una silla distante y lee.)* Estoy de prisa. Nos veremos otro día, y...

DON ELEUTERIO.—¿Se va usted?

DOÑA MARIQUITA.—¿Nos deja usted así?

DON HERMÓGENES.—Si en algo pudiera contribuir con mi presencia al alivio de ustedes, no me movería de aquí, pero...

DOÑA MARIQUITA.—No se vaya usted.

DON HERMÓGENES.—Me es muy doloroso asistir a tan acerbo espectáculo; tengo que hacer. En cuanto a la comedia, nada hay que decir; murió, y es imposible que resucite; bien que ahora estoy escribiendo una apología del teatro, y la citaré con elogio. Diré que hay otras peores; diré que si no guarda reglas ni conexión, consiste en que el autor era un grande hombre; callaré sus defectos...

DON ELEUTERIO.—¿Qué defectos?

DON HERMÓGENES.—Algunos que tiene.

DON PEDRO.—Pues no decía usted eso poco tiempo ha.

DON HERMÓGENES.—Fue para animarle.

DON PEDRO.—Y para engañarle y perderle. Si usted conocía que era mala, ¿por qué no se lo dijo? ¿Por qué, en vez de aconsejarle que desistiera de escribir chapucerías, ponderaba usted el ingenio del autor y le persuadía que era excelente una obra tan ridícula y despreciable?

DON HERMÓGENES.—Porque el señor carece de criterio y sindéreris para comprender la solidez de mis raciocinios, si por ellos intentara persuadirle que la comedia es mala.

DOÑA AGUSTINA.—¿Conque es mala?

DON HERMÓGENES.—Malísima.

DON ELEUTERIO.—¿Qué dice usted?

DOÑA AGUSTINA.—Usted se chancea, don Hermógenes; no puede ser otra cosa.

DON PEDRO.—No, señora, no se chancea; en eso dice la verdad. La comedia es detestable.

DOÑA AGUSTINA.—Poco a poco con eso, caballero; que una coas es que el señor lo diga por gana de fiesta y otra que usted nos lo venga a repetir de ese modo. Usted será de los eruditos que de todo blasfeman y nada les parece bien sino lo que ellos hacen; pero...

DON PEDRO.—Si usted es marido de esa (*A* DON ELEUTERIO) señora, hágala usted callar, porque, aunque no pueda ofenderme cuanto diga, es cosa ridícula que se meta a hablar de lo que no entiende.

DOÑA AGUSTINA.—¿No entiendo? ¿Quién le ha dicho a usted que...?

DON ELEUTERIO.—Por Dios, Agustina, no te desazones. Ya ves (*Se levanta colérica, y* DON ELEUTERIO *la hace sentar*) cómo estás... ¡Válgame Dios, señor! Pero, amigo (*A* DON HERMÓGENES), no sé qué pensar de usted.

DON HERMÓGENES.—Piense usted lo que quiera. Yo pienso de su obra lo que ha pensado el público; pero soy su amigo de usted, y aunque vaticiné el éxito infausto que ha tenido, no quise anticiparle una pesadumbre, porque, como dice Platón y el abate Lampillas [55]...

DON ELEUTERIO.—Digan lo que quieran. Lo que yo digo es que usted me ha engañado como un chino.

---

[55] Jesuita expulso, historiador de la literatura, que publicó en Italia de 1778 a 1781 un *Ensayo apologético de la literatura española*.

Si yo me aconsejaba con usted; si usted ha visto la obra lance por lance y verso por verso; si usted me ha exhortado a concluir las otras que tengo manuscritas; si usted me ha llenado de elogios y de esperanzas; si me ha hecho usted creer que yo era un grande hombre, ¿cómo me dice usted ahora eso? ¿Cómo ha tenido usted corazón para exponerme a los silbidos, al palmoteo y a al zumba de esta tarde?

DON HERMÓGENES.—Usted es pacato y pusilánime en demasía... ¿Por qué no le anima a usted el ejemplo? ¿No ve usted esos autores que componen para el teatro con cuánta imperturbabilidad toleran los vaivenes de la fortuna? Escriben, los silban y vuelven a escribir; vuelven a silbarlos y vuelven a escribir... ¡Oh, almas grandes, para quienes los chiflidos son arrullos y las maldiciones alabanzas!

DOÑA MARIQUITA.—¿Y qué quiere usted *(Levántase)* decir con eso? Ya no tengo paciencia para callar más. ¿Qué quiere usted decir? ¿Que mi pobre hermano vuelva otra vez?...

DON HERMÓGENES.—Lo que quiero decir es que estoy de prisa y me voy.

DOÑA AGUSTINA.—Vaya usted con Dios, y haga usted cuenta que no nos ha conocido. ¡Picardía! No sé cómo *(Se levanta muy enojada, encaminándose hacia* DON HERMÓGENES, *que se va retirando de ella)* no me tiro a él... Váyase usted

DON HERMÓGENES.—¡Gente ignorante!

DOÑA AGUSTINA.—Váyase usted.

DON ELEUTERIO.—¡Picarón!

DON HERMÓGENES.—¡Canalla infeliz!

ESCENA IX

DON ELEUTERIO, DON SERAPIO, DON ANTONIO,
DON PEDRO, DOÑA AGUSTINA, DOÑA
MARIQUITA, PIPÍ

DON ELEUTERIO.—¡Ingrato, embustero! Después
(Se sienta con ademanes de abatimiento) de lo que
hemos hecho por él.

DOÑA MARIQUITA.—Ya ve usted, hermana, lo
que ha venido a resultar. Si lo dije, si me lo daba el
corazón... Mire usted qué hombre; después de haberme traído en palabras tanto tiempo y, lo que es peor,
haber perdido por él la conveniencia de casarme con
el boticario, que a lo menos es hombre de bien y no
sabe latín ni se mete en citar autores, como ese
bribón... ¡Pobre de mí! Con dieciséis años que tengo,
y todavía estoy sin colocar; por el maldito empeño de
ustedes de que me había de casar con un erudito que
supiera mucho.. Mire usted lo que sabe el renegado
(Dios me perdone): quitarme mi acomodo, engañar a
mi hermano, perderle y hartarnos de pesadumbres.

DON ANTONIO.—No se desconsuele usted, señorita, que todo se compondrá. Usted tiene mérito y no
le faltarán proporciones mucho mejores que las que
ha perdido.

DOÑA AGUSTINA.—Es menester que tengas un
poco de paciencia, Mariquita.

DON ELEUTERIO.—La paciencia *(Se levanta con
viveza)* la necesito yo, que estoy desesperado de ver
lo que me sucede.

DOÑA AGUSTINA.—Pero, hombre, ¿que no has de
reflexionar?...

DON ELEUTERIO.—Calla, mujer; calla, por Dios,
que tú también...

DON SERAPIO.—No, señor; el mal ha estado en
que nosotros no lo advertimos con tiempo... Pero yo
le aseguro al guarnicionero y a sus camaradas que si

llegamos a pillarlos, solfeo de mojicones como el que han de llevar no le... La comedia es buena, señor; créame usted a mí; la comedia es buena. Ahí no ha habido más sino que los de allá se han unido, y...

Don Eleuterio.—Yo ya estoy en que la comedia no es tan mala y que hay muchos partidos, pero lo que a mí me...

Don Pedro.—¿Todavía está usted en esa equivocación?

Don Antonio.—*(Aparte a* Don Pedro.) Déjele usted.

Don Pedro.—No quiero dejarle, me da compasión.... Y, sobre todo, es demasiada necedad, después de lo que ha sucedido, que todavía esté creyendo el señor que su obra es buena. ¿Por qué ha de serlo? ¿Qué motivos tiene usted para acertar? ¿Qué ha estudiado usted? ¿Quién le ha enseñado el arte? ¿Qué modelos se ha propuesto usted para la imitación? ¿No ve usted que en todas las facultades hay un método de enseñanza y unas reglas que seguir y observar; que a ellas debe acompañar una aplicación constante y laboriosa, y que sin estas circunstancias, unidas al talento, nunca se formarán grandes profesores, porque nadie sabe sin aprender? Pues ¿por dónde usted, que carece de tales requisitos, presume que habrá podido hacer algo bueno? ¿Qué, no hay más sino meterse a escribir, a salga lo que salga, y en ocho días zurcir un embrollo, ponerlo en malos versos, darle al teatro y ya soy autor? ¿Qué, no hay más que escribir comedias? Si han de ser como la de usted o como las demás que se le parecen, poco talento, poco estudio y poco tiempo son necesarios; pero si han de ser buenas (créame usted) se necesita toda la vida de un hombre, un ingenio muy sobresaliente, un estudio infatigable, observación continua, sensibilidad, juicio exquisito, y todavía no hay seguridad de llegar a la perfección.

Don Eleuterio.—Bien está, señor; será todo lo

que usted dice, pero ahora no se trata de eso. Si me desespero y me confundo, es por ver que todo se me descompone, que he perdido mi tiempo, que la comedia no me vale un cuarto, que he gastado en la impresión lo que no tenía...

DON ANTONIO.—No, la impresión con el tiempo se venderá.

DON PEDRO.—No se venderá, no, señor. El público no compra en la librería las piezas que silba en el teatro. No se venderá.

DON ELEUTERIO.—Pues vea usted, no se venderá, y pierdo ese dinero, y por otra parte... ¡Valgame Dios! Yo, señor, seré lo que ustedes quieran; seré mal poeta, seré un zopenco; pero soy un hombre de bien. Este picarón de don Hermógenes me ha estafado cuanto tenía para pagar sus trampas y sus embrollos; me ha metido en nuevos pagos, y me deja imposibilitado de cumplir como es regular con los muchos acreedores que tengo.

DON PEDRO.—Pero ahí no hay más que hacerles una obligación de irlos pagando poco a poco, según el empleo o la facultad que usted tenga, y arreglándose a una buena economía...

DOÑA AGUSTINA.—¡Qué empleo ni qué facultad, señor! Si el pobrecito no tiene ninguna.

DON PEDRO.—¿Ninguna?

DON ELEUTERIO.—No, señor. Yo estuve en esa lotería de ahí arriba; después me puse a servir a un caballero indiano, pero se murió, lo dejé todo y me metí a escribir comedias, porque ese don Hermógenes me engatusó y...

DOÑA MARIQUITA.—¡Maldito sea él!

DON ELEUTERIO.—Y si fuera decir estoy solo, anda con Dios, pero casado, y con una hermana, y con aquellas criaturas...

DON ANTONIO.—¿Cuántas tiene usted?

DON ELEUTERIO.—Cuatro, señor; que el mayorcito no pasa de cinco años.

DON PEDRO.—¡Hijos tiene! *(Aparte, con ternura.* ¡Qué lástima!)

DON ELEUTERIO.—Pues si no fuera por eso...

DON PEDRO.—*(Aparte.* ¡Infeliz!) Yo, amigo, ignoraba que del éxito de la obra de usted pendiera la suerte de esa pobre familia. Yo también he tenido hijos. Ya no los tengo; pero sé lo que es el corazón de un padre. Dígame usted: ¿sabe usted contar? ¿Escribe usted bien?

DON ELEUTERIO.—Sí, señor; lo que es así cosa de cuentas, me parece que sé bastante. En casa de mi amo..., porque yo, señor, he sido paje... Allí, como digo, no había más mayordomo que yo. Yo era el que gobernaba la casa, como, ya se ve, estos señores no entienden de eso. Y siempre me porté como todo el mundo sabe. Eso sí, lo que es honradez y..., ¡vaya!, ninguno ha tenido que...

DON PEDRO.—Lo creo muy bien.

DON ELEUTERIO.—En cuanto a escribir, yo aprendí en los Escolapios, y luego me he soltado bastante, y sé alguna cosa de ortografía... Aquí tengo... Vea usted... *(Saca un papel y se le da a* DON PEDRO.) Ello está escrito algo de prisa, porque ésta es una tonadilla que se había de cantar mañana... ¡Ay, Dios mío!

DON PEDRO.—Me gusta la letra, me gusta.

DON ELEUTERIO.—Sí, señor; tiene su introduccioncita; luego entran las coplillas satíricas con sus estribillos, y concluye con las...

DON PEDRO.—No hablo de eso, hombre, no hablo de eso. Quiero decir que la forma de la letra es muy buena. La tonadilla ya se conoce que es prima hermana de la comedia.

DON ELEUTERIO.—Ya.

DON PEDRO.—Es menester que se deje usted de esas tonterías. *(Volviéndole el papel.)*

DON ELEUTERIO.—Ya lo veo, señor; pero si parece que el enemigo...

DON PEDRO.—Es menester olvidar absolutamente esos devaneos; ésta es una condición precisa que exijo de usted. Yo soy rico, muy rico, y no acompaño con lágrimas estériles las desgracias de mis semejantes. La mala fortuna a que le han reducido a usted sus desvaríos necesita, más que consuelos y reflexiones, socorros efectivos y prontos. Mañana quedarán pagadas por mí todas las deudas que usted tenga.

DON ELEUTERIO.—Señor, ¿qué dice usted?

DOÑA AGUSTINA.—¿De veras, señor? ¡Válgame Dios!

DOÑA MARIQUITA.—¿De veras?

DON PEDRO.—Quiero hacer más. Yo tengo bastantes haciendas cerca de Madrid; acabo de colocar a un mozo de mérito, que entendía en el gobierno de ellas. Usted, si quiere, podrá irse instruyendo al lado de mi mayordomo, que es hombre honradísimo, y desde luego puede usted contar con una fortuna proporcionada a sus necesidades. Esta señora deberá contribuir por su parte a hacer feliz el nuevo destino que a usted le propongo. Si cuida de su casa, si cría bien a sus hijos, si desempeña como debe los oficios de esposa y madre, conocerá que sabe cuanto hay que saber y cuanto conviene a una mujer de su estado y obligaciones. Usted, señorita, no ha perdido nada en no casarse con el pedantón de don Hermógenes, porque, según se ha visto, es un malvado que la hubiera hecho infeliz, y si usted disimula un poco las ganas que tiene de casarse, no dudo que hallará muy presto un hombre de bien que la quiera. En una palabra, yo haré en favor de ustedes todo el bien que pueda; no hay que dudarlo. Además, yo tengo muy buenos amigos en la corte, y... créanme ustedes, soy algo áspero en mi carácter, pero tengo el corazón muy compasivo.

DOÑA MARIQUITA.—¡Qué bondad! (DON ELEUTERIO, *su mujer y su hermana quieren arrodillarse a los pies de* DON PEDRO; *él lo estorba y los abraza cariñosamente.*)

DON ELEUTERIO.—¡Qué generoso!

DON PEDRO.—Esto es ser justo. El que socorre a la pobreza, evitando a un infeliz la desesperación y los delitos, cumple con su obligación; no hace más.

DON ELEUTERIO.—Yo no sé cómo he de pagar a usted tantos beneficios.

DON PEDRO.—Si usted me los agradece, ya me los paga.

DON ELEUTERIO.—Perdone usted, señor, las locuras que he dicho y el mal modo...

DOÑA AGUSTINA.—Hemos sido muy imprudentes.

DON PEDRO.—No hablemos de eso.

DON ANTONIO.—¡Ah, don Pedro! ¡Qué lección me ha dado usted esta tarde!

DON PEDRO.—Usted se burla. Cualquiera hubiera hecho lo mismo en iguales circunstancias.

DON ANTONIO.—Su carácter de usted me confunde.

DON PEDRO.—¡Eh! Los genios serán diferentes, pero somos muy amigos. ¿No es verdad?

DON ANTONIO.—¿Quién no querrá ser amigo de usted?

DON SERAPIO.—Vaya, vaya; yo estoy loco de contento.

DON PEDRO.—Más lo estoy yo, porque no hay placer comparable al que resulta de una acción virtuosa. Recoja usted esa comedia *(Al ver la comedia que está leyendo* PIPÍ*)*, no se quede por ahí perdida y sirva de pasatiempo a la gente burlona que llegue a verla.

DON ELEUTERIO.—¡Mal haya la comedia *(Arrebata la comedia de manos de* PIPÍ *y la hace pedazos)*, amén, y mi docilidad y mi tontería! Mañana, así que amanezca, hago una hoguera con todo cuanto tengo impreso y manuscrito y no ha de quedar en mi casa un verso.

DOÑA MARIQUITA.—Yo encenderé la pajuela.

DOÑA AGUSTINA.—Y yo aventaré las cenizas.

DON PEDRO.—Así deber ser. Usted, amigo, ha vivido engañado; su amor propio, la necesidad, el ejemplo y la falta de instrucción le han hecho escribir disparates. El público le ha dado a usted una lección muy dura, pero muy útil, puesto que por ella se reconoce y se enmienda. Ojalá los que hoy tiranizan y corrompen el teatro por el maldito furor de ser autores, ya que desatinan como usted, le imitaran en desengañarse.

EL SÍ DE LAS NIÑAS

ADVERTENCIA (1825)

EL SÍ DE LAS NIÑAS se representó en el Teatro de la
Cruz el día 24 de enero de 1806, y si puede dudarse
cuál sea entre las comedias del autor la más estimable, no cabe duda en que ésta ha sido la que el
público español recibió con mayores aplausos. Duraron sus primeras representaciones veinte y seis días
consecutivos, hasta que llegada la cuaresma se cerra-
ron los teatros como era costumbre. Mientras el
público de Madrid acudía a verla, ya se representaba
por los cómicos de las provincias, y una culta reunión
de personas ilustres e inteligentes se anticipaba en
Zaragoza a ejecutarla en un teatro particular, mere-
ciendo por el acierto de su desempeño la aprobación
de cuantos fueron admitidos a oírla. Entretanto, se
repetían las ediciones de esta obra: cuatro se hicieron
en Madrid durante el año de 1806, y todas fueron
necesarias para satisfacer la común curiosidad de
leerla, excitada por las representaciones del teatro.

¡Cuánta debió ser entonces la indignación de los
que no gustan de la ajena celebridad, de los que
ganan la vida buscando defectos en todo lo que otros
hacen, de los que escriben comedias sin conocer el
arte de escribirlas, y de los que no quieren ver
descubiertos en la escena vicios y errores tan funestos
a la sociedad como favorables a sus privados intereses! La aprobación pública reprimió los ímpetus de
los críticos foliculario: nada imprimieron contra esta

comedia y la multitud de exámenes, notas, advertencias y observaciones a que dio ocasión, igualmente
que las contestaciones y defensa que se hicieron de
ella, todo quedó manuscrito. Por consiguiente, no
podían bastar estos imperfectos desahogos a satisfacer la animosidad de los émulos del autor, ni el
encono de los que resisten a toda ilustración y se
obstinan en perpetuar las tinieblas de la ignorancia.
Éstos acudieron al modo más cómodo, más pronto y
más eficaz, y si no lograron el resultado que espera-
ban, no hay que atribuirlo a su poca diligencia.
Fueron muchas las delaciones que se hicieron de esta
comedia al tribunal de la Inquisición. Los calificado-
res tuvieron no poco que hacer en examinarlas y fijar
su opinión acerca de los pasajes citados como reprensibles; y en efecto, no era pequeña dificultad hallarlos
tales en una obra en que no existe ni una sola
proposición opuesta al dogma ni a la moral cristiana.
    Un ministro, cuya principal obligación era la de
favorecer los buenos estudios, hablaba el lenguaje de
los fanáticos más feroces, y anunciaba la ruina del
autor de EL SÍ DE LAS NIÑAS como la de un delincuente merecedor de grave castigo. Tales son los
obstáculos que han impedido frecuentemente en España el progreso rápido de las luces, y esta oposición
poderosa han tenido que temer los que han dedicado
en ella su aplicación y su talento a la indagación de
verdades útiles y al fomento y esplendor de la literatura y de las artes. Sin embargo, la tempestad que
amenazaba se disipó a la presencia del Príncipe de la
Paz; su respeto contuvo el furor de los ignorantes y
malvados hipócritas que, no atreviéndose por entonces a moverse, remitieron su venganza para ocasión
más favorable.
    En cuanto a la ejecución de esta pieza, basta decir
que los actores se esmeraron a porfía en acreditarla y
que sólo excedieron al mérito de · los demás los
papeles de doña Irene, doña Francisca y don Diego.

En el primero se distinguió María Ribera, por la inimitable naturalidad y gracia cómica con que supo hacerle. Josefa Virg rivalizó con ella en el suyo, y Andrés Prieto, nuevo entonces en los teatros de Madrid, adquirió el concepto de actor inteligente que hoy sostiene todavía con general aceptación.

> *Estas son las seguridades que dan los padres y los tutores, y esto lo que se debe fiar en el sí de las niñas.*
>
> (Acto III, escena XIII.)

PERSONAS

Don Diego
Don Carlos
Doña Irene
Doña Francisca
Rita
Simón
Calamocha

La escena es en una posada de Alcalá de Henares

El teatro representa una sala de paso con cuatro puertas de habitaciones para huéspedes, numeradas todas. Una más grande en el foro, con escalera que conduce al piso bajo de la casa. Ventana de antepecho a un lado. Una mesa en medio, con banco, sillas, etcétera

La acción empieza a las siete de la tarde y acaba a las cinco de la mañana siguiente [1]

---

[1] Nótese cómo se observan las reglas de la unidad de lugar y de tiempo en esta comedia y en la anterior.

ACTO I

ESCENA I

DON DIEGO, SIMÓN

(Sale DON DIEGO *de su cuarto.* SIMÓN, *que está
sentado en una silla, se levanta)*

DON DIEGO.—¿No han venido todavía?

SIMÓN.—No, señor.

DON DIEGO.—Despacio la han tomado, por
cierto.

SIMÓN.—Como su tía la quiere tanto, según parece, y no la ha visto desde que la llevaron a Guadalajara...

DON DIEGO.—Sí. Yo no digo que no la viese, pero
con media hora de visita y cuatro lágrimas estaba
concluido.

SIMÓN.—Ello también ha sido extraña determina-
ción la de estarse usted dos días enteros sin salir de la
posada. Cansa el leer, cansa el dormir... Y, sobre
todo, cansa la mugre del cuarto, las sillas desvencija-
das, las estampas del *hijo pródigo,* el ruido de campa-
nillas y cascabeles y la conversación ronca de carro-
materos y patanes, que no permiten un instante de
quietud.

DON DIEGO.—Ha sido conveniente el hacerlo así.
Aquí me conocen todos y no he querido que nadie
me vea.

SIMÓN.—Yo no alcanzo la causa de tanto retiro. Pues ¿hay más en esto que haber acompañado usted a doña Irene hasta Guadalajara para sacar del convento a la niña y volvernos con ellas a Madrid?

DON DIEGO.—Sí, hombre; algo más hay de lo que has visto.

SIMÓN.—Adelante.

DON DIEGO.—Algo, algo... Ello tú al cabo lo has de saber y no puede tardarse mucho... Mira, Simón, por Dios te encargo que no lo digas... Tú eres hombre de bien y me has servido muchos años con fidelidad... Ya ves que hemos sacado a esa niña del convento y nos la llevamos a Madrid.

SIMÓN.—Sí, señor.

DON DIEGO.—Pues bien... Pero te vuelvo a encargar que a nadie lo descubras.

SIMÓN.—Bien está, señor. Jamás he gustado de chismes.

DON DIEGO.—Ya lo sé, por eso quiero fiarme de ti. Yo, la verdad, nunca había visto a la tal doña Paquita; pero mediante la amistad con su madre he tenido frecuentes noticias de ella; he leído muchas de las cartas que escribía; he visto algunas de su tía la monja, con quien ha vivido en Guadalajara; en suma, he tenido cuantos informes pudiera desear acerca de sus inclinaciones y su conducta. Ya he logrado verla; he procurado observarla en estos pocos días, y, a decir verdad, cuantos elogios hicieron de ella me parecen escasos.

SIMÓN.—Sí, por cierto... Es muy linda y...

DON DIEGO.—Es muy linda, muy graciosa, muy humilde... Y sobre todo, ¡aquel candor, aquella inocencia! Vamos, es de lo que no se encuentra por ahí... Y talento... Sí, señor, mucho talento... Conque, para acabar de informarte, lo que yo he pensado es...

SIMÓN.—No hay que decírmelo.

DON DIEGO.—¿No? ¿Por qué?

SIMÓN.—Porque ya lo adivino. Y me parece excelente idea.

DON DIEGO.—¿Qué dices?

SIMÓN.—Excelente.

DON DIEGO.—¿Conque al instante has conocido?...

SIMÓN.—Pues ¿no es claro?... ¡Vaya!... Dígole a usted que me parece muy buena boda; buena, buena.

DON DIEGO.—Sí, señor... Yo lo he mirado bien, y lo tengo por cosa muy acertada.

SIMÓN.—Seguro que sí.

DON DIEGO.—Pero quiero absolutamente que no se sepa hasta que esté hecho.

SIMÓN.—Y en eso hace usted bien.

DON DIEGO.—Porque no todos ven las cosas de una manera, y no faltaría quien murmurase y dijese que era una locura, y me...

SIMÓN.—¿Locura? ¡Buena locura!... ¿Con una chica como ésa, eh?

DON DIEGO.—Pues ya ves tú. Ella es una pobre... Eso sí... Pero yo no he buscado dinero, que dineros tengo; he buscado modestia, recogimiento, virtud.

SIMÓN.—Eso es lo principal... Y, sobre todo, lo que usted tiene ¿para quién ha de ser?

DON DIEGO.—Dices bien... ¿Y sabes tú lo que es una mujer aprovechada, hacendosa, que sepa cuidar de la casa, economizar, estar en todo?... Siempre lidiando con amas, que si una es mala, otra es peor, regalonas, entremetidas, habladoras, llenas de histérico, viejas, feas como demonios... No, señor; vida nueva. Tendré quien me asista con amor y fidelidad y viviremos como unos santos... Y deja que hablen y murmuren y...

SIMÓN.—Pero siendo de gusto a entrambos, ¿qué pueden decir?

DON DIEGO.—No, yo ya sé lo que dirán; pero... Dirán que la boda es desigual, que no hay proporción en la edad, que...

SIMÓN.—Vamos, que no me parece tan notable la diferencia. Siete u ocho años, a lo más.

DON DIEGO.—¡Qué, hombre! ¿Qué hablas de siete u ocho años? Si ella ha cumplido dieciséis años pocos meses ha.

SIMÓN.—Y bien ¿qué?

DON DIEGO—Y yo, aunque gracias a Dios estoy robusto y... Con todo eso, mis cincuenta y nueve años no hay quien me los quite.

SIMÓN.—Pero si yo no hablo de eso.

DON DIEGO.—Pues ¿de qué hablas?

SIMÓN.—Decía que... Vamos, o usted no acaba de explicarse, o yo lo entiendo al revés... En suma, esta doña Paquita, ¿con quién se casa?[2].

DON DIEGO.—¿Ahora estamos ahí? Conmigo.

SIMÓN.—¿Con usted?

DON DIEGO.—Conmigo.

SIMÓN.—¡Medrados quedamos!

DON DIEGO.—¿Qué dices?... Vamos, ¿qué?...

SIMÓN.—¡Y pensaba yo haber adivinado!

DON DIEGO.—Pues ¿qué creías? ¿Para quién juzgaste que la destinaba yo?

SIMÓN.—Para don Carlos, su sobrino de usted, mozo de talento, instruido, excelente soldado, amabilísimo por todas sus circunstancias... Para ése juzgué que se guardaba la tal niña.

DON DIEGO.—Pues no, señor.

SIMÓN.—Pues bien está.

DON DIEGO.—¡Mire usted qué idea! ¡Con el otro la había de ir a casar!... No, señor; que estudie sus matemáticas.

SIMÓN.—Ya las estudia, o, por mejor decir, ya las enseña.

DON DIEGO.—Que se haga hombre de valor y...

---

[2]   Este equívoco se parece al de *El avaro,* de Molière (I, 4); véase también el final del acto segundo de *La escuela de las mujeres,* del mismo.

SIMÓN.—¡Valor! ¿Todavía pide usted más valor a un oficial que en la última guerra, con muy pocos que se atrevieron a seguirle, tomó dos baterías, clavó los cañones, hizo algunos prisioneros y volvió al campo lleno de heridas y cubierto de sangre?... Pues bien satisfecho quedó usted entonces del valor de su sobrino, y yo le vi a usted más de cuatro veces llorar de alegría cuando el rey le premió con el grado de teniente coronel [3] y una cruz de Alcántara.

DON DIEGO.—Sí, señor; todo es verdad; pero no viene a cuento. Yo soy el que me caso.

SIMÓN.—Si está usted bien seguro de que ella le quiere, si no la asusta la diferencia de la edad, si su elección es libre...

DON DIEGO.—Pues ¿no ha de serlo?... ¿Y qué sacarían con engañarme? Ya ves tú la religiosa de Guadalajara si es mujer de juicio; esta de Alcalá, aunque no la conozco, sé que es una señora de excelentes prendas; mira tú si doña Irene querrá el bien de su hija; pues todas ellas me han dado cuantas seguridades puedo apetecer... La criada, que la ha servido en Madrid y más de cuatro años en el convento, se hace lenguas de ella, y sobre todo, me ha informado de que jamás observó en esta criatura la más remota inclinación a ninguno de los pocos hombres que ha podido ver en aquel encierro. Bordar, coser, leer libros devotos, oír misa y correr por la huerta detrás de las mariposas y echar agua en los agujeros de las hormigas; éstas han sido su ocupación y sus diversiones... ¿Qué dices?

SIMÓN.—Yo nada, señor.

DON DIEGO.—Y no pienses tú que, a pesar de tantas seguridades, no aprovecho las ocasiones que se presentan para ir ganando su amistad y su confianza y lograr que se explique conmigo en absoluta libertad... Bien que aún hay tiempo... Sólo que aquella

---

[3]   Graduación honorífica; don Carlos era teniente efectivo.

doña Irene siempre la interrumpe; todo se lo habla...
Y es muy buena mujer, buena...

SIMÓN.—En fin, señor, yo desearé que salga como
usted apetece.

DON DIEGO.—Sí; yo espero en Dios que no ha de
salir mal. Aunque el novio no es muy de tu gusto...
¡Y qué fuera de tiempo me recomendabas al tal
sobrinito! ¿Sabes tú lo enfadado que estoy con él?

SIMÓN.—Pues ¿qué ha hecho?

DON DIEGO.—Una de las suyas... Y hasta pocos
días ha no lo he sabido. El año pasado, ya lo viste,
estuvo dos meses en Madrid... Y me costó buen
dinero la tal visita... En fin, es mi sobrino, bien dado
está; pero voy al asunto. Llegó el caso de irse a
Zaragoza su regimiento... Ya te acuerdas de que a
muy pocos días de haber salido de Madrid recibí la
noticia de su llegada.

SIMÓN.—Sí, señor.

DON DIEGO.—Y que siguió escribiéndome, aunque algo perezoso, siempre con la data de Zaragoza.

SIMÓN.—Así es la verdad.

DON DIEGO.—Pues el pícaro no estaba allí cuando
me escribía las tales cartas.

SIMÓN.—¿Qué dice usted?

DON DIEGO.—Sí, señor. El día 3 de julio salió de
mi casa, y a fines se septiembre aún no había llegado
a sus pabellones... ¿No te parece que para ir por la
posta hizo muy buena diligencia?

SIMÓN.—Tal vez se pondría malo en el camino, y
por no darle a usted pesadumbre...

DON DIEGO.—Nada de eso. Amores del señor
oficial y devaneos que le traen loco... Por ahí, en esas
ciudades, puede que... ¿Quién sabe? Si encuentra un
par de ojos negros, ya es hombre perdido... ¡No
permita Dios que me le engañe alguna bribona de
estas que truecan el honor por el matrimonio!

SIMÓN.—¡Oh!, no hay que temer... Y si tropieza

con alguna fullera de amor, buenas cartas ha de tener para que le engañe.

DON DIEGO.—Me parece que están ahí... Sí. Busca al mayoral y dile que venga para quedar de acuerdo en la hora a que deberemos salir mañana.

SIMÓN.—Está bien.

DON DIEGO.—Ya te he dicho que no quiero que esto se trasluzca ni... ¿Estamos?

SIMÓN.—No haya miedo que a nadie lo cuente. (SIMÓN *se va por la puerta del foro. Salen por la misma las tres mujeres con mantillas y basquiñas* [4]. RITA *deja un pañuelo atado sobre la mesa y recoge las mantillas y las dobla.*)

ESCENA II

DOÑA IRENE, DOÑA FRANCISCA, RITA, DON DIEGO

DOÑA FRANCISCA.—Ya estamos acá.

DOÑA IRENE.—¡Ay qué escalera!

DON DIEGO.—Muy bien venidas, señoras.

DOÑA IRENE.—¿Conque usted, a lo que parece, no ha salido? (*Se sientan* DOÑA IRENE *y* DON DIEGO.)

DON DIEGO.—No, señora. Luego, más tarde, daré una vueltecilla por ahí.. He leído un rato. Traté de dormir, pero en esta posada no se duerme.

DOÑA FRANCISCA.— Es verdad que no... ¡Y qué mosquitos! Mala peste en ellos. Anoche no me dejaron parar... Pero mire usted, mire usted (*Desata el pañuelo y manifiesta algunas cosas de las que indica el diálogo*) cuántas cosillas traigo. Rosarios de nácar, cruces de ciprés, la regla de San Benito, una pilila de

---

    [4]   Dos prendas típicas que usaban las españolas para salir a la calle; la basquiña era una falda que se ponía sobre la saya o guardapiés.

cristal... Mire usted qué bonita. Y dos corazones de talco... ¡Qué sé yo cuánto viene aquí! ¡Ay!, y una campanilla de barro bendito para los truenos... ¡Tantas cosas!

DOÑA IRENE.—Chucherrías que la han dado las madres. Locas estaban con ella.

DOÑA FRANCISCA.—¡Cómo me quieren todas! ¡Y mi tía, mi pobre tía, lloraba tanto!... Es ya muy viejecita.

DOÑA IRENE.—Ha sentido mucho no concoer a usted.

DOÑA FRANCISCA.—Sí, es verdad. Decía: ¿por qué no venido aquel señor?

DOÑA IRENE.—El padre capellán y el rector de los Verdes [5] nos han venido acompañando hasta la puerta.

DOÑA FRANCISCA.—Toma *(Vuelve a atar el pañuelo y se le da a* RITA, *la cual se va con él y con las mantillas al cuarto de* DOÑA IRENE*)*, guárdamelo todo allí, en la excusabaraja. Mira, llévalo así, de las puntas... ¡Válgate Dios! ¿Eh? ¡Ya se ha roto la santa Gertrudis de alcorza!

RITA.—No importa; yo me la comeré.

ESCENA III

DOÑA IRENE, DOÑA FRANCISCA, DON DIEGO

DOÑA FRANCISCA.—¿Nos vamos adentro, mamá, o nos quedamos aquí?

DOÑA IRENE.—Ahora, niña, que quiero descansar un rato.

DON DIEGO.—Hoy se ha dejado sentir el calor en forma.

DOÑA IRENE.—¡Y qué fresco tienen aquel locuto-

---

⁵ El colegio de Santa Catalina, llamado de los Verdes.

rio! Está hecho un cielo... *(Siéntase* DOÑA FRANCIS-CA *junto a su madre.)* Mi hermana es la que sigue siempre bastante delicada. Ha padecido mucho este invierno... Pero, vaya, no sabía qué hacerse con su sobrina la buena señora. Está muy contenta de nuestra elección.

DON DIEGO.—Yo celebro que sea tan a gusto de aquellas personas a quienes debe usted particulares obligaciones.

DOÑA IRENE.—Sí, Trinidad está muy contenta; y en cuanto a Circuncisión [6], ya lo ha visto usted. La ha costado mucho despegarse de ella, pero ha conocido que siendo para su bienestar es necesario pasar por todo... Ya se acuerda usted de lo expresiva que estuvo, y...

DON DIEGO.—Es verdad. Sólo falta que la parte interesada tenga la misma satisfacción que manifiestan cuantos la quieren bien.

DOÑA IRENE.—Es hija obediente, y no se apartará jamás de lo que determine su madre.

DON DIEGO.—Todo eso es cierto, pero...

DOÑA IRENE.—Es de buena sangre, y ha de pensar bien, y ha de proceder con el honor que la corresponde.

DON DIEGO.—Sí, ya estoy; pero ¿no pudiera, sin faltar a su honor ni a su sangre...?

DOÑA FRANCISCA.—¿Me voy, mamá? *(Se levanta y vuelve a sentarse.)*

DOÑA IRENE.—No pudiera, no, señor. Una niña bien educada, hija de buenos padres, no puede menos de conducirse en todas ocasiones como es convenien-

---

[6] «Los nombres poco usuales de que se vale el autor para nombrar a ciertas monjas manifiestan sus deseos de hacer ridícula la buena práctica de los conventos en la adopción de los sobrenombres de santos...» (copia de una crítica de la época, de letra de Moratín, Biblioteca Nacional, Madrid, ms. 18666/2); idéntico parecer expresa el censor eclesiástico de 1818 (Archivo Histórico Nacional, Madrid, *Inquisición,* 4484/23).

te y debido. Un vivo retrato es la chica, ahí donde usted la ve, de su abuela, que Dios perdone, doña Jerónima de Peralta... En casa tengo el cuadro, ya le habrá usted visto. Y le hicieron, según me contaba su merced, para enviársele a su tío carnal al padre fray Serapión de San Juan Crisóstomo, electo obispo de Mechoacán.

DON DIEGO.—Ya.

DOÑA IRENE.—Y murió en el mar el buen religioso, que fue un quebranto para toda la familia... Hoy es, y todavía estamos sintiendo su muerte; particularmente mi primo don Cucufate [7], regidor perpetuo de Zamora, no puede oír hablar de su Ilustrísima sin deshacerse en lágrimas.

DOÑA FRANCISCA.—Válgate Dios, qué moscas tan...

DOÑA IRENE.—Pues murió en olor de santidad.

DON DIEGO.—Eso bueno es.

DOÑA IRENE.—Sí, señor; pero como la familia ha venido tan a menos... ¿Qué quiere usted? Donde no hay facultades... [8]. Bien que por lo que puede tronar, ya se le está escribiendo la vida; y quién sabe que el día de mañana no se imprima con el favor de Dios.

DON DIEGO.—Sí, pues ya se ve. Todo se imprime.

DOÑA IRENE.—Lo cierto es que el autor, que es sobrino de mi hermano político el canónigo de Castrojeriz, no la deja de la mano; y a la hora de ésta lleva ya escritos nueve tomos en folio, que comprenden los nueve años primeros de la vida del santo obispo.

DON DIEGO.—¿Conque para cada año un tomo?

DOÑA IRENE.—Sí, señor; ese plan se ha propuesto.

DON DIEGO.—¿Y de qué edad murió el venerable?

---

[7] Nombre «afectado e inverosímil en una comedia en prosa lisa y llana» (Bernardo García, *Carta crítica de un vecino de Guadalaxara,* N.B., Mad., ms. 9274).

[8] Alusión al aspecto financiero de las canonizaciones.

DOÑA IRENE.—De ochenta y dos años, tres meses y catorce días.

DOÑA FRANCISCA.—¿Me voy mamá?

DOÑA IRENE.—Anda, vete. ¡Válgate Dios, qué prisa tienes!

DOÑA FRANCISCA.—¿Quiere usted *(Se levanta y después de hacer una graciosa cortesía a* DON DIEGO, *da un beso a* DOÑA IRENE *y se va al cuarto de ésta)* que le haga una cortesía a la francesa, señor don Diego?

DON DIEGO.—Sí, hija mía. A ver.

DOÑA FRANCISA.—Mire usted, así.

DON DIEGO.—¡Graciosa niña! ¡Viva la Paquita, viva!

DOÑA FRANCISCA.—Para usted, una cortesía, y para mi mamá, un beso.

ESCENA IV

DOÑA IRENE, DON DIEGO

DOÑA IRENE.—Es muy gitana y muy mona, mucho.

DON DIEGO.—Tiene un donaire natural que arrebata.

DOÑA IRENE.—¿Qué quiere usted? Criada sin artificio ni embelecos de mundo, contenta con verse otra vez al lado de su madre, y mucho más de considerar tan inmediata su colocación, no es maravilla que cuanto hace y dice sea una gracia, y máxime a los ojos de usted, que tanto se ha empeñado en favorecerla.

DON DIEGO.—Quisiera sólo que se explicase libremente acerca de nuestra proyectada unión, y...

DOÑA IRENE.—Oiría usted lo mismo que le he dicho ya.

DON DIEGO.—Sí, no lo dudo; pero el saber que la

merezco alguna inclinación, oyéndoselo decir con aquella boquilla tan graciosa que tiene, sería para mí una satisfacción imponderable.

DOÑA IRENE.—No tenga usted sobre ese particular la más leve desconfianza; pero hágase usted cargo de que a una niña no le es lícito decir con ingenuidad lo que siente. Mal parecería, señor don Diego, que una doncella de vergüenza y criada como Dios manda, se atreviese a decirle a un hombre: yo le quiero a usted.

DON DIEGO.—Bien; si fuese un hombre a quien hallara por casualidad en la calle y le espetara ese favor de buenas a primeras, cierto que la doncella haría muy mal; pero a un hombre con quien ha de casarse dentro de pocos días, ya pudiera decirle alguna cosa que... Además, que hay ciertos modos de explicarse...

DOÑA IRENE.—Conmigo usa de más franqueza. A cada instante hablamos de usted, y en todo manifiesta el particular cariño que a usted le tiene... ¡Con qué juicio hablaba ayer noche después que usted se fue a recoger! No sé lo que hubiera dado porque hubiese podido oírla.

DON DIEGO.—¿Y qué? ¿Hablaba de mí?

DOÑA IRENE.—Y qué bien piensa acerca de lo preferible que es para una criatura de sus años un marido de cierta edad, experimentado, maduro y de conducta...

DON DIEGO.—¡Calle! ¿Eso decía?

DOÑA IRENE.—No, esto se lo decía yo, y me escuchaba con una atención como si fuera una mujer de cuarenta años, lo mismo... ¡Buenas cosas la dije! Y ella, que tiene mucha penetración, aunque me esté mal el decirlo... ¿Pues no da lástima, señor, el ver cómo se hacen los matrimonios hoy en el día? Casan a una muchacha de quince años con un arrapiezo de dieciocho, a una de diecisiete con otro de veintidós: ella niña, sin juicio ni experiencia, y él niño también, sin asomo de cordura ni conocimiento de lo que es mundo. Pues, señor (que es lo que yo digo), ¿quién ha de gobernar la casa? ¿Quién ha de mandar a los criados? ¿Quién ha de enseñar y corregir a los hijos? Porque sucede también que estos atolondrados de chicos suelen plagarse de criaturas en un instante, que da compasión [9].

DON DIEGO.—Cierto que es un dolor el ver rodeados de hijos a muchos que carecen del talento, de la experiencia y de la virtud que son necesarios para dirigir su educación.

DOÑA IRENE.—Lo que sé decirle a usted es que áun no había cumplido los diez y nueve cuando me casé de primeras nupcias con mi difunto don Epifanio, que esté en el cielo. Y era un hombre que, mejorando lo presente, no es posible hallarle de más respeto, más caballeroso... Y al mismo tiempo más divertido y decidor. Pues, para servir a usted, ya tenía los cincuenta y seis, muy largos de talle, cuando se casó conmigo.

DON DIEGO.—Buena edad... No era un niño, pero...

DOÑA IRENE.—Pues a eso voy... Ni a mí podía convenirme en aquel entonces un borrirrubio con los cascos a la jineta... No, señor... Y no es decir tampoco que estuviese achacoso ni quebrantado de salud, nada de eso. Sanito estaba, gracias a Dios, como una manzana; ni en su vida conoció otro mal, sino una especie de alferecía que le amagaba de cuando en cuando. Pero luego que nos casamos, dio en darle tan a menudo y tan de recio, que a los siete meses me hallé viuda y encinta de una criatura que nació después, y al cabo y al fin se me murió de alfombrilla.

DON DIEGO.—¡Oiga!... Mire usted si dejó sucesión el bueno de don Epifanio.

---

[9]   Esta escena tiene antecedentes en *El avaro*, de Molière, y en *La escuela de las madres*, de Marivaux.

DOÑA IRENE.—Sí, señor; pues ¿por qué no?

DON DIEGO.—Lo digo porque luego saltan con... Bien que si uno hubiera de hacer caso... ¿Y fue niño, o niña?

DOÑA IRENE.—Un niño muy hermoso. Como una plata era el angelito.

DON DIEGO.—Cierto que es consuelo tener, así, una criatura y...

DOÑA IRENE.—¡Ay, señor! Dan malos ratos, pero ¿qué importa? Es mucho gusto, mucho.

DON DIEGO.—Ya lo creo.

DOÑA IRENE.—Sí, señor.

DON DIEGO.—Ya se ve que será una delicia y...

DOÑA IRENE.—¿Pues no ha de ser?

DON DIEGO.—Un embeleso el verlos juguetear y reír, acariciarlos, merecer sus fiestecillas inocentes.

DOÑA IRENE.—¡Hijos de mi vida! Veintidós he tenido en los tres matrimonios que llevo hasta ahora, de los cuales sólo esta niña me ha venido a quedar; pero le aseguro a usted que...

ESCENA V

SIMÓN, DOÑA IRENE, DON DIEGO

SIMÓN.—*(Sale por la puerta del foro.)* Señor, el mayoral está esperando.

DON DIEGO.—Dile que voy allá... ¡Ah! Tráeme primero del sombrero y el bastón, que quisiera dar una vuelta por el campo. *(Entra* SIMÓN *al cuarto de* DON DIEGO, *saca un sombrero y un bastón, se los da a su amo, y al fin de la escena se va con él por la puerta del foro.)* ¿Conque supongo que mañana tempranito saldremos?

DOÑA IRENE.—No hay dificultad. A la hora que a usted le parezca.

DON DIEGO.—A eso de las seis, ¿eh?

DOÑA IRENE.—Muy bien.

DON DIEGO.—El sol nos da de espaldas... Le diré que venga una media hora antes.

DOÑA IRENE.—Sí, que hay mil chismes que acomodar.

ESCENA VI

DOÑA IRENE, RITA

DOÑA IRENE.—¡Válgame Dios! Ahora que me acuerdo... ¡Rita!... Me le habrán dejado morir. ¡Rita!

RITA.—Señora. *(Saca debajo del brazo almohadas y sábanas.)*

DOÑA IRENE.—¿Qué has hecho del tordo? ¿Le diste de comer?

RITA.—Sí, señora. Más ha comido que un avestruz. Ahí le puse, en la ventana del pasillo.

DOÑA IRENE.—¿Hiciste las camas?

RITA.—La de usted ya está. Voy a hacer esotras antes que anochezca, porque si no, como no hay más alumbrado que el del candil y no tiene garabato, me veo perdida.

DOÑA IRENE.—Y aquella chica, ¿qué hace?

RITA.—Está desmenuzando un bizcocho, para dar de cenar a don Periquito.

DOÑA IRENE.—¡Qué pereza tengo de escribir! *(Se levanta y se entra en su cuarto.)* Pero es preciso, que estará con mucho cuidado la pobre Circuncisión.

RITA.—¡Qué chapucerías! No ha dos horas, como quien dice, que salimos de allá, y ya empiezan a ir a venir correos. ¡Qué poco me gustan a mí las mujeres gazmoñas y zalameras! *(Éntrase en el cuarto de doña Francisca.)*

ESCENA VII

CALAMOCHA

CALAMOCHA.—*(Sale por la puerta del foro con unas maletas, botas y látigos. Lo deja todo sobre la mesa y se sienta.)* ¿Conque ha de ser el número tres? Vaya en gracia... Ya, ya conozco el tal número tres. Colección de bichos más abundantes, no la tiene el Gabinete de Historia Natural... [10]. Miedo me da de entrar... ¡Ay, ay!... ¡Y qué agujetas! Éstas sí que son agujetas... Paciencia, pobre Calamocha [11], paciencia... Y gracias a que los caballitos dijeron: no podemos más; que si no, por esta vez no veía yo el número tres, ni las plagas de Faraón que tiene dentro... [12]. En fin, como los animales amanezcan vivos, no será poco... Reventados están... *(Canta* RITA *desde adentro.* CALAMOCHA *se levanta desperezándose.)* ¡Oiga!... ¿Seguidillitas?... Y no canta mal... Vaya, aventura tenemos... ¡Ay, qué desvencijado estoy!

ESCENA VIII

RITA, CALAMOCHA

RITA.—Mejor es cerrar, no sea que nos alivien la ropa, y... *(Forcejeando para echar la llave.)* Pues cierto que está bien acondicionada la llave.

CALAMOCHA.—¿Gusta usted de que eche una mano, mi vida?

---

[10]   Las posadas, generalmente incómodas, estaban pobladas de parásitos indeseables. El Gabinete de Historia Natural estaba en el edificio del actual Museo del Prado.

[11]   Moratín elige el nombre de un pueblo aragonés para el de criado, u ordenanza, de don Carlos.

[12]   Cuatro de las diez plagas de Egipto (*Éxodo,* VII, XII) fueron invasión de ranas, mosquitos, moscas y langostas.

RITA.—Gracias, mi alma.

CALAMOCHA.—¡Calle!... ¡Rita!

RITA.—¡Calamocha!

CALAMOCHA.—¿Qué hallazgo es éste?

RITA.—¿Y tu amo?

CALAMOCHA.—Los dos acabamos de llegar.

RITA.—¿De veras?

CALAMOCHA.—No, que es chanza. Apenas recibió la carta de doña Paquita, yo no sé adónde fue, ni con quién habló, ni cómo lo dispuso; sólo sé decirte que aquella tarde salimos de Zaragoza. Hemos venido como dos centellas por ese camino. Llegamos esta mañana a Guadalajara, y a las primeras diligencias nos hallamos con que los pájaros volaron ya. A caballo otra vez, y vuelta a correr y sudar y a dar chasquidos... En suma, molidos los rocines, y nosotros a medio moler, hemos parado aquí con ánimo de salir mañana... Mi teniente se ha ido al Colegio Mayor a ver a un amigo, mientras se dispone algo que cenar... Esta es la historia.

RITA.—¿Conque le tenemos aquí?

CALAMOCHA.—Y enamorado más que nunca, celoso, amenazando vidas... Aventurado a quitar el hipo a cuantos le disputen la posesión de su Currita idolatrada.

RITA.—¿Qué dices?

CALAMOCHA.—Ni más ni menos.

RITA.—¡Qué gusto me das!... Ahora sí se conoce que la tiene amor.

CALAMOCHA.—¿Amor?... ¡Friolera! El moro Gazul [13] fue para él un pelele, Medoro [14] un zascandil y Gaiferos [15] un chiquillo de la doctrina.

RITA.—¡Ay, cuando la señorita lo sepa!

---

[13]   Héroe de romances moriscos.
[14]   Personaje del *Orlando furioso,* del Ariosto.
[15]   Personaje de novela de caballería (véase el episodio del retablo de Maese Pedro, en el *Quijote*).

CALAMOCHA.—Pero, acabemos. ¿Cómo te hallo aquí? ¿Con quién estás? ¿Cuándo llegaste? Que...

RITA.—Ya te lo diré. La madre de doña Paquita dio en escribir cartas y más cartas, diciendo que tenía concertado su casamiento en Madrid con un caballero rico, honrado, bienquisto; en suma, cabal y perfecto, que no había más que apetecer. Acosada la señorita con tales propuestas, y angustiada incesantemente con los sermones de aquella bendita monja, se vio en la necesidad de responder que estaba pronta a todo lo que la mandasen... Pero no te puedo ponderar cuánto lloró la pobrecita, qué afligida estuvo. Ni quería comer, ni podía dormir... Y al mismo tiempo era preciso disimular, para que su tía no sospechara la verdad del caso. Ello es que cuando, pasado el primer susto, hubo lugar de discurrir escapatorias y arbitrios, no hallamos otro que el de avisar a tu amo, esperando que si era su cariño tan verdadero y de buena ley como nos había ponderado, no consentiría que su pobre Paquita pasara a manos de un desconocido, y se perdiesen para siempre tantas caricias, tantas lágrimas y tantos suspiros estrellados en las tapias del corral. A los pocos días de haberle escrito, cata el coche de colleras [16] y el mayoral Gasparet con sus medias azules, y la madre y el novio que vienen por ella; recogimos a toda prisa nuestros meriñaques, se atan los cofres, nos despedimos de aquellas buenas mujeres, y en dos latigazos llegamos antes de ayer a Alcalá. La detención ha sido para que la señorita visite a otra tía monja que tiene aquí, tan arrugada y tan sorda como la que dejamos allá. Ya la ha visto, ya la han besado bastante una por una todas las religiosas, y creo que mañana temprano saldremos. Por esta casualidad nos...

---

[16] Tirado por mulas guarnecidas de colleras; lo utilizaban las «familias decentes», según Alcalá Galiano (*Recuerdos de un anciano*, B.A.E., LXXXIII, pág. 50).

CALAMOCHA.—Sí. No digas más. Pero... ¿Conque el novio está en la posada?

RITA.—Ese es su cuarto *(Señalando el cuarto de* DON DIEGO, *el de* DOÑA IRENE *y el de* DOÑA FRANCISCA), éste el de la madre y aquél el nuestro.

CALAMOCHA.—¿Cómo nuestro? ¿Tuyo y mío?

RITA.—No por cierto. Aquí dormiremos esta noche la señorita y yo; porque ayer, metidas las tres en ése de enfrente, ni cabíamos de pie, ni pudimos dormir un instante, ni respirar siquiera.

CALAMOCHA.—Bien. Adiós. *(Recoge los trastos que puso sobre la mesa, en ademán de irse.)*

RITA.—¿Y adónde?

CALAMOCHA.—Yo me entiendo... Pero el novio ¿trae consigo criados, amigos o deudos que le quiten la primera zambulida [17] que le amenaza?

RITA.—Un criado viene con él.

CALAMOCHA.—¡Poca cosa!... Mira, dile en caridad que se disponga, porque está de peligro. Adiós.

RITA.—¿Y volverás presto?

CALAMOCHA.—Se supone. Estas cosas piden diligencias, y aunque apenas puedo moverme, es necesario que mi teniente deje la visita y venga a cuidar de su hacienda, disponer el entierro de este hombre, y... [18]. ¿Conque ése es nuestro cuarto, eh?

RITA.—Sí. De la señorita y mío.

CALAMOCHA.—¡Bribona!

RITA.—¡Botarate! Adiós.

CALAMOCHA.—Adiós, aborrecida. *(Éntrase con los trastos en el cuarto de* DON CARLOS.)

---

[17] Golpe al pecho, en esgrima.
[18] Véase *Introducción*, pág. 39.

ESCENA IX

Doña Francisca, Rita

RITA.—¡Qué malo es!... Pero... ¡Válgame Dios, don Félix aquí!... Sí, la quiere, bien se conoce... *(Sale* CALAMOCHA *del cuarto de* DON CARLOS, *y se va por la puerta del foro.)* ¡Oh!, por más que digan, los hay muy finos; y entonces, ¿qué ha de hacer una?... Quererlos; no tiene remedio, quererlos... Pero ¿qué dirá la señorita cuando le vea, que está ciega por él? ¡Pobrecita! ¿Pues no sería una lástima que...? Ella es. *(Sale* DOÑA FRANCISCA.)

DOÑA FRANCISCA.—¡Ay, Rita!

RITA.—¿Qué es eso? ¿Ha llorado usted?

DOÑA FRANCISCA.—¿Pues no he de llorar? Si vieras mi madre... Empeñada está en que he de querer mucho a ese hombre... Si ella supiera lo que sabes tú, no me mandaría cosas imposibles... Y que es tan bueno, y que es rico, y que me irá tan bien con él... Se ha enfadado tanto, y me ha llamado picarona, inobediente... ¡Pobre de mí! Porque no miento ni sé fingir, por eso me llaman picarona.

RITA.—Señorita, por Dios, no se aflija usted.

DOÑA FRANCISCA.—Ya, como tú no lo has oído... Y dice que Don Diego se queja de que yo no le digo nada... Harto le digo, y bien he procurado hasta ahora mostrarme contenta delante de él, que no lo estoy por cierto, y reírme y hablar niñerías... Y todo por dar gusto a mi madre, que si no... Pero bien sabe la Virgen que no me sale del corazón. *(Se va oscureciendo lentamente el teatro.)*

RITA.—¡Vaya, vamos, que no hay motivo todavía para tanta angustia!... ¡Quién sabe!... ¿No se acuerda usted ya de aquel día de asueto que tuvimos el año pasado en la casa de campo de intendente?

DOÑA FRANCISCA.—¡Ay! ¿Cómo puedo olvidarlo?!... Pero ¿qué me vas a contar?

RITA.—Quiero decir, que aquel caballero que vimos allí con aquella cruz verde [19], tan galán, tan fino...

DOÑA FRANCISCA.—¡Qué rodeos! Don Félix. ¿Y qué?

RITA.—Que nos fue acompañando hasta la ciudad...

DOÑA FRANCISCA.—Y bien... Y luego volvió, y le vi, por mi desgracia, muchas veces... mal aconsejada de ti [20].

RITA.—¿Por qué, señora?... ¿A quién dimos escándalo? Hasta ahora nadie lo ha sospechado en el convento. Él no entró jamás por las puertas, y cuando de noche hablaba con usted, mediaba entre los dos una distancia tan grande, que usted la maldijo no pocas veces... Pero esto no es del caso. Lo que voy a decir es que un amante como aquel no es posible que se olvide tan presto de su querida Paquita... Mire usted que todo cuanto hemos leído a hurtadillas en las novelas no equivale a lo que hemos visto en él. ¿Se acuerda usted de aquellas tres palmadas que se oían entre once y doce de la noche, de aquella sonora [21] punteada con tanta delicadeza y expresión?

DOÑA FRANCISCA.—¡Ay, Rita! Sí, de todo me acuerdo, y mientras viva conservaré la memoria... Pero está ausente... y entretenido acaso con nuevos amores.

RITA.—Eso no lo puedo yo creer.

DOÑA FRANCISCA.—Es hombre, al fin, y todos ellos...

RITA.—¡Qué boberías! Desengáñese usted, señorita. Con los hombres y las mujeres sucede lo mismo

---

[19] La de la orden de Alcántara.
[20] Los criados suelen auxiliar tradicionalmente a los amos en sus amores. En este caso resalta más la inocencia de Paquita.
[21] Especie de guitarra.

que con los melones de Añover[22]. Hay de todo; la dificutad está en saber escogerlos. El que se lleve chasco en la elección, quéjese de su mala suerte, pero no desacredite la mercancía... Hay hombres muy embusteros, muy picarones; pero no es creíble que lo sea el que ha dado pruebas tan repetidas de perseverancia y amor. Tres meses duró el terrero[23] y la conversación a oscuras, y en todo aquel tiempo, bien sabe usted que no vimos en él una acción descompuesta, ni oímos de su boca una palabra indecente ni atrevida.

DOÑA FRANCISCA.—Es verdad. Por eso le quise tanto, por eso le tengo tan fijo aquí..., aquí... *(Señalando el pecho.)* ¿Qué habrá dicho al ver la carta?... ¡Oh! Yo bien sé lo que habrá dicho...: ¡Válgate Dios! ¡Es lástima! Cierto. ¡Pobre Paquita!... Y se acabó... No habrá dicho más... Nada más.

RITA.—No, señora, no ha dicho eso.

DOÑA FRANCISCA.—¿Qué sabes tú?

RITA.—Bien lo sé. Apenas haya leído la carta se habrá puesto en camino, y vendrá volando a consolar a su amiga... Pero... *(Acercándose a la puerta del cuarto de* DOÑA IRENE.)

DOÑA FRANCISCA.—¿Adónde vás?

RITA.—Quiero ver si...

DOÑA FRANCISCA.—Está escribiendo.

RITA.—Pues ya presto habrá de dejarlo, que empieza a anochecer... Señorita, lo que la he dicho a usted es la verdad pura. Don Félix está ya en Alcalá.

DOÑA FRANCISCA.—¿Qué dices? No me engañes.

RITA.—Aquél es su cuarto.. Calamocha acaba de hablar conmigo.

DOÑA FRANCISCA.—¿De veras?

RITA.—Sí, señora... Y le ha ido a buscar para...

---

[22] «El melón y la mujer, malos son de conocer», reza el refrán.
[23] Galanteo que consiste en ir y venir delante de la casa de la amada.

DOÑA FRANCISCA.—¿Conque me quiere?... ¡Ay, Rita! Mira tú si hicimos bien de avisarle... Pero ¿ves qué fineza?... ¿Si vendrá bueno? ¡Correr tantas leguas sólo por verme... porque yo se lo mando!... ¡Qué agradecida le debo estar!... ¡Oh!, yo le prometo que no se quejará de mí. Para siempre agradecimiento y amor.

RITA.—Voy a traer luces. Procuraré detenerme por allá abajo hasta que vuelvan... Veré lo que dice y qué piensa hacer, porque hallándonos todos aquí, pudiera haber una de Satanás entre la madre, la hija, el novio y el amante; y si no ensayamos bien esta contradanza, nos hemos de perder en ella [24].

DOÑA FRANCISCA.—Dices bien... Pero no; él tiene resolución y talento, y sabrá determinar lo más conveniente... ¿Y cómo has de avisarme?... Mira que así que llegue le quiero ver.

RITA.—No hay que dar cuidado. Yo le traeré por acá, y en dándome aquella tosecilla seca... ¿me entiende usted?

DOÑA FRANCISCA.—Sí, bien.

RITA.—Pues entonces no hay más que salir con cualquier excusa. Yo me quedaré con la señora mayor; la hablaré de todos sus maridos y de sus concuñados, y del obispo que murió en el mar... Además, que si está allí don Diego...

DOÑA FRANCISCA.—Bien, anda; y así que llegue...

RITA.—Al instante.

DOÑA FRANCISCA.—Que no se te olvide toser.

RITA.—No haya miedo.

DOÑA FRANCISCA.—¡Si vieras qué consolada estoy!

RITA.—Sin que usted lo jure, lo creo.

DOÑA FRANCISCA.—¿Te acuerdas cuando me

---

[24]   Como en la contradanza, muy de moda a finales del XVIII, se entretejen relaciones complejas entre varias parejas (véase J. Casalduero, *Estudios sobre el teatro español*, M., 1962, pág. 185).

decía que era imposible apartarme de su memoria, que no habría peligros que le detuvieran, ni dificultades que no atropellara por mí?

RITA.—Sí, bien me acuerdo.

DOÑA FRANCISCA.—¡Ah!... Pues mira cómo me dijo la verdad. (DOÑA FRANCISCA *se va al cuarto de* DOÑA IRENE; RITA, *por la puerta del foro.*)

ACTO II

ESCENA I

Doña Francisca

Doña Francisca.—Nadie parece aún... *(Teatro obscuro. Doña Francisca se acerca a la puerta del foro y vuelve.)* ¡Qué impaciencia tengo!... Y dice mi madre que soy una simple, que sólo pienso en jugar y reír, y que no sé lo que es amor... Sí, diez y siete años y no cumplidos; pero ya sé lo que es querer bien, y la inquietud y las lágrimas que cuesta.

ESCENA II

Doña Irene, Doña Francisca

Doña Irene.—Sola y a obscuras me habéis dejado allí.

Doña Francisca.—Como estaba usted acabando su carta, mamá, por no estorbarla me he venido aquí, que está mucho más fresco.

Doña Irene.—Pero aquella muchacha ¿qué hace que no trae una luz? Para cualquiera cosa se está un año... Y yo que tengo un genio como una pólvora. *(Siéntase.)* Sea todo por Dios... ¿Y don Diego? ¿No ha venido?

DOÑA FRANCISCA.—Me parece que no.

DOÑA IRENE.—Pues cuenta, niña, con lo que te he dicho ya. Y mira que no gusto de repetir una cosa dos veces. Este caballero está sentido, y con muchísima razón.

DOÑA FRANCISCA.—Bien; sí, señora; ya lo sé. No me riña usted más.

DOÑA IRENE.—No es esto reñirte, hija mía; esto es aconsejarte. Porque como tú no tienes conocimiento para considerar el bien que se nos ha entrado por las puertas...Y lo atrasada que me coge, que yo no sé lo que hubiera sido de tu pobre madre... Siempre cayendo y levantando... Médicos, boticas... Que se dejaba pedir aquel caribe de don Bruno (Dios lo haya coronado de gloria) los veinte y los treinta reales por cada papelillo de píldoras de coloquíntida y asafétida... [25]. Mira que un casamiento como el que vas a hacer, muy pocas le consiguen. Bien que a las oraciones de tus tías, que son unas bienaventuradas, debemos agradecer esta fortuna, y no a tus méritos ni a mi diligencia... ¿Qué dices!

DOÑA FRANCISCA.—No, nada, mamá.

DOÑA IRENE.—Pues nunca dices nada. ¡Válgame Dios, señor!... En hablándote de esto no te ocurre nada que decir.

ESCENA III

RITA, DOÑA IRENE, DOÑA FRANCISCA

(Sale RITA por la puerta del foro con luces y las pone encima de la mesa)

DOÑA IRENE.—Vaya mujer, yo pensé que en toda la noche no venías.

---

[25]   Purgante y antiespasmódico respectivamente. En poesía se solían usar series de rimas esdrújulas para producir un efecto jocoso.

RITA.—Señora, he tardado porque han tenido que ir a comprar las velas. ¡Como el tufo del velón la hace a usted tanto daño!...

DOÑA IRENE.—Seguro que me hace muchísimo mal con esta jaqueca que padezco... Los parches de alcanfor al cabo tuve que quitármelos; si no me sirvieron de nada. Con las obleas [26] me parece que me va mejor... Mira, deja una luz ahí, y llévate la otra a mi cuarto, y corre la cortina, no se me llene todo de mosquitos.

RITA.—Muy bien. *(Toma una luz y hace que se va.)*

DOÑA FRANCISCA.—*(Aparte a* RITA.*)* ¿No ha venido?

RITA.—Vendrá.

DOÑA IRENE.—Oyes, aquella carta que está sobre la mesa dásela al mozo de la posada para que la lleve al instante al correo... *(Vase* RITA *al cuarto de* DOÑA IRENE.*)* Y tú, niña, ¿qué has de cenar? Porque será menester recogernos presto para salir mañana de madrugada.

DOÑA FRANCISCA.—Como las monjas me hicieron merendar...

DOÑA IRENE.—Con todo eso... Siquiera unas sopas del puchero para el abrigo del estómago... *(Sale* RITA *con una carta en la mano, y hasta el fin de la escena hace que se va y vuelve, según lo indica el diálogo.)* Mira, has de calentar el caldo que apartamos al mediodía, y haznos un par de tazas y sopas, y tráetelas luego que estén.

RITA.—¿Y nada más?

DOÑA IRENE.—No, nada más... ¡Ah!, y házmelas bien caldositas.

RITA.—Sí, ya lo sé.

DOÑA IRENE.—Rita.

RITA.—*(Aparte.)* Otra. ¿Qué manda usted?

---

[26] Sellos.

DOÑA IRENE.—Encarga mucho al mozo que lleve la carta al instante... Pero no, señor; mejor es... No quiero que la lleve él, que son unos borrachones, que no se les puede... Has de decir a Simón que digo yo que me haga el gusto de echarla en el correo; ¿lo entiendes?

RITA.—Sí, señora.

DOÑA IRENE.—¡Ah!, mira.

RITA.—*(Aparte.)* Otra.

DOÑA IRENE.—Bien que ahora no corre prisa... Es menester que luego me saques de ahí al tordo y colgarle por aquí, de modo que no se caiga y se me lastime.... *(Vase* RITA *por la puerta del foro.)* ¡Qué noche tan mala me dio!... ¡Pues no se estuvo el animal toda la noche de Dios rezando el Gloria Patri y la oración del Santo Sudario!... [27]. Ello, por otra parte, edificaba, cierto; pero cuando se trata de dormir...

ESCENA IV

DOÑA IRENE, DOÑA FRANCISCA

DOÑA IRENE.—Pues mucho será que don Diego no haya tenido algún encuentro por ahí y eso le detenga. Cierto que es un señor muy mirado, muy puntual... ¡Tan buen cristiano! ¡Tan atento! ¡Tan bien hablado! ¡Y con qué garbo y generosidad se porta!... Ya se ve, un sujeto de bienes y de posibles... ¡Y qué casa tiene! Como un ascua de oro la tiene... Es mucho aquello. ¡Qué ropa blanca! ¡Que batería de cocina! Y qué despensa, llena de cuanto Dios crió... Pero tú no parece que atiendes a lo que estoy diciendo.

DOÑA FRANCISCA.—Sí, señora, bien lo oigo; pero no la quería interrumpir a usted.

---

[27] Este tordo permite caracterizar de rebote a la gazmoña doña Irene.

DOÑA IRENE.—Allí estarás, hija mía, como el pez en el agua; pajaritas del aire que apetecieras las tendrías, porque como él te quiere tanto y es un caballero tan de bien y tan temeroso de Dios... Pero mira, Francisquita, que me cansa de veras el que siempre que te hablo de esto hayas dado en la flor de no responderme palabra... ¡Pues no es cosa particular, señor!

DOÑA FRANCISCA.—Mamá, no se enfade usted.

DOÑA IRENE.—No es buen empeño de... ¿Y te parece a tí que no sé yo muy bien de dónde viene todo eso?... ¿No ves que conozco las locuras que se te han metido en esa cabeza de chorlito?... ¡Perdóneme Dios!

DOÑA FRANCISCA.—Pero... Pues ¿qué sabe usted?

DOÑA IRENE.—¿Que quieres engañar a mí, eh? ¡Ay, hija! He vivido mucho, y tengo ya mucha trastienda y mucha penetración para que tú me engañes.

DOÑA FRANCISCA.—*(Aparte.)* ¡Perdida soy!

DOÑA IRENE.—Sin contar con su madre... Como si tal madre no tuviera... Yo te aseguro que aunque no hubiera sido con esta ocasión, de todos modos era ya necesario sacarte del convento. Aunque hubiera tenido que ir a pie y sola por ese camino, te hubiera sacado de allí... ¡Mire usted qué juicio de niña éste! Que porque ha vivido un poco de tiempo entre monjas, ya se la puso en la cabeza el ser ella monja también... Ni qué entiende ella de eso, ni qué... En todos los estados se sirve a Dios, Frasquita: pero el complacer a su madre, asistirla, acompañarla y ser el consuelo de sus trabajos, ésa es la primera obligación de una hija obediente... Y sépalo usted, si no lo sabe.

DOÑA FRANCISCA.—Es verdad, mamá... Pero yo nunca he pensado en abandonarla a usted.

DOÑA IRENE.—Sí, que no sé yo...

DOÑA FRANCISCA.—No, señora; créame usted. La

Paquita nunca se apartará de su madre ni la dará disgustos.

DOÑA IRENE.—Mira si es cierto lo que dices.

DOÑA FRANCISCA.—Sí, señora; que yo no sé mentir.

DOÑA IRENE.—Pues, hija, ya sabes lo que te he dicho. Ya ves lo que pierdes y la pesadumbre que me darás si no te portas en un todo como corresponde... Cuidado con ello.

DOÑA FRANCISCA.—(Aparte.) ¡Pobre de mí!

ESCENA V

DON DIEGO, DOÑA IRENE, DOÑA FRANCISCA

(Sale DON DIEGO por la puerta del foro y deja sobre la mesa sombrero y bastón)

DOÑA IRENE.—Pues ¿cómo tan tarde?

DON DIEGO.—Apenas salí tropecé con el rector de Málaga[28] y el doctor Padilla, y hasta que me han hartado bien de chocolate y bollos no me han querido soltar... (Siéntase junto a DOÑA IRENE.) Y a todo esto, ¿cómo va?

DOÑA IRENE.—Muy bien.

DON DIEGO.—¿Y doña Paquita?

DOÑA IRENE.—Doña Paquita siempre acordándose de sus monjas. Ya la digo que es tiempo de mudar de bisiesto y pensar sólo en dar gusto a su madre y obedecerla.

DON DIEGO.—¡Qué diantre! ¿Conque tanto se acuerda de...?

DOÑA IRENE.—¿Qué se admira usted? Son niñas... No saben lo que quieren ni lo que aborrecen... En una edad, así tan...

DON DIEGO.—No; poco a poco; eso, no. Precisamente en esa edad son las pasiones algo más enérgicas y

---

[28]   Uno de los colegios de la Universidad de Alcalá.

decisivas que en la nuestra, y por cuanto la razón se halla todavía imperfecta y débil, los ímpetus del corazón son mucho más violentos... *(Asiendo de una mano a* DOÑA FRANCISCA, *la hace sentar inmediata a él.)* Pero de veras, doña Paquita, ¿se volvería usted al convento de buena gana?... La verdad.

DOÑA IRENE.—Pero si ella no...

DON DIEGO.—Déjela usted, señora, que ella responderá.

DOÑA FRANCISCA.—Bien sabe usted lo que acabo de decirla... No permita Dios que yo la dé que sentir.

DON DIEGO.—Pero eso lo dice usted tan afligida y...

DOÑA IRENE.—Si es natural, señor. ¿No ve usted que...?

DON DIEGO.—Calle usted, por Dios, doña Irene, y no me diga usted a mí lo que es natural. Lo que es natural es que la chica esté llena de miedo y no se atreva a decir una palabra que se oponga a lo que su madre quiere que diga... Pero si esto hubiese, por vida mía que estábamos lucidos.

DOÑA FRANCISCA.—No, señor; lo que dice su merced, eso digo yo; lo mismo. Porque en todo lo que me mande la obedeceré.

DON DIEGO.—¡Mandar, hija mía!... En estas materias tan delicadas los padres que tienen juicio no mandan. Insinúan, proponen, aconsejan; eso, sí; todo eso, sí; ¡pero mandar!... ¿Y quién ha de evitar después las resultas funestas de lo que mandaron?... [29]. Pues ¿cuántas veces vemos matrimonios infelices, uniones monstruosas verificadas solamente porque un padre tonto se metió a mandar lo que no debiera?... [30]. ¡Eh!

---

[29]   «Estas resultas esperan / Tales casamientos» (*El viejo y la niña,* III, 15).

[30]   En las ediciones de 1805 y 1806 se añadía: «¡Cuántas veces una desdichada mujer halla anticipada la muerte en el encierro de un claustro porque su madre o su tío se empeñaron en regalar a Dios lo que Dios no quería!»

No, señor; eso no va bien... Mire usted, doña Paquita,
yo no soy de aquellos hombres que se disimulan los
defectos. Yo sé que ni mi figura ni mi edad son para
enamorar perdidamente a nadie, pero tampoco he
creído imposible que una muchacha de su juicio y bien
criada llegase a quererme con aquel amor tranquilo y
constante que tanto se parece a la amistad, y es el único
que puede hacer los matrimonios felices. Para conse-
guirlo no he ido a buscar a ninguna hija de familia de
estas que viven en una decente libertad... Decente, que
yo no culpo lo que no se opone al ejercicio de la virtud.
Pero ¿cuál sería entre todas ellas la que no estuviese ya
prevenida en favor de otro amante más apetecible que
yo? Y en Madrid. Figúrese usted en un Madrid... Lleno
de estas ideas, me pareció que tal vez hallaría en usted
todo cuanto deseaba.

DOÑA IRENE.—Y puede usted creer, señor don
Diego, que...

DON DIEGO.—Voy a acabar, señora; déjeme usted
acabar. Yo me hago cargo, querida Paquita, de lo que
habrán influido en una niña tan bien inclinada como
usted las santas costumbres que ha visto practicar en
aquel inocente asilo de la devoción y la virtud; pero si a
pesar de todo esto la imaginación acalorada, las
circunstancias imprevistas, la hubiesen hecho elegir
sujeto más digno, sepa usted que yo no quiero nada con
violencia. Yo soy ingenuo; mi corazón y mi lengua no
se contradicen jamás. Esto mismo la pido a usted,
Paquita: sinceridad. El cariño que a usted la tengo no la
debe hacer infeliz... Su madre de usted no es capaz de
querer una injusticia, y sabe muy bien que a nadie se le
hace dichoso por fuerza. Si usted no halla en mí
prendas que la inclinen, si siente algún otro cuidadillo
en su corazón, créame usted, la menor disimulación en
esto nos daría a todos muchísimo que sentir.

DOÑA IRENE.—¿Puedo hablar ya, señor?

DON DIEGO.—Ella, ella debe hablar y sin apuntador
y sin intérprete.

DOÑA IRENE.—Cuando yo se lo mande.

DON DIEGO.—Pues ya puede usted mandárselo, porque a ella la toca responder... Con ella he de casarme; con usted, no.

DOÑA IRENE.—Yo creo, señor don Diego, que ni con ella ni conmigo, ¿En qué concepto nos tiene usted?... Bien dice su padrino, y bien claro me lo escribió pocos días ha, cuando le di parte de este casamiento. Que aunque no la ha vuelto a ver desde que la tuvo en la pila, la quiere muchísimo, y a cuantos pasan por el Burgo de Osma les pregunta cómo está, y continuamente nos envía memorias con el ordinario [31].

DON DIEGO.—Y bien, señora, ¿qué escribió el padrino?... O por mejor decir, ¿qué tiene que ver nada de eso con lo que estamos hablando?

DOÑA IRENE.—Sí, señor, que tiene que ver; sí, señor. Y aunque yo lo diga, le aseguro a usted que ni un padre de Atocha [32] hubiera puesto una carta mejor que la que él me envió sobre el matrimonio de la niña... Y no es ningún catedrático, ni bachiller, ni nada de eso, sino un cualquiera, como quien dice, un hombre de capa y espada [33], con un empleíllo infeliz en el ramo del viento [34] que apenas le da para comer... Pero es muy ladino, y sabe de todo, y tiene una labia y escribe que da gusto... Casi toda la carta venía en latín, no le parezca a usted, y muy buenos consejos que me daba en ella... Que no es posible sino que adivinase lo que nos está sucediendo.

DON DIEGO.—Pero, señora, si no sucede nada ni hay cosa que a usted la deba disgustar.

DOÑA IRENE.—Pues ¿no quiere usted que me

[31] El correo.
[32] Del convento de Santo Domingo, vulgo de Nuestra Señora de Atocha.
[33] Ciudadano particular.
[34] Tributo que pagaban los forasteros por los géneros que vendían.

disguste oyéndole hablar de mi hija en términos que...?
¡Ella otros amores ni otros cuidados!... Pues si tal
hubiera... ¡Válgame Dios!..., la mataba a golpes, mire
usted... Respóndele, una vez que quiere que hables y
que yo no chiste. Cuéntale los novios que dejaste en
Madrid cuanto tenías doce años y los que has adquiri-
do en el convento al lado de aquella santa mujer.
Díselo para que se tranquilice, y...

DON DIEGO.—Yo, señora, estoy más tranquilo que
usted.

DOÑA IRENE.—Respóndele.

DOÑA FRANCISCA.—Yo no sé qué decir. Si ustedes
se enfadan.

DON DIEGO.—No, hija mía; esto es dar alguna
expresión a lo que se dice, pero enfadarnos, no, por
cierto. Doña Irene sabe lo que yo la estimo.

DOÑA IRENE.—Sí, señor, que lo sé, y estoy sumamente agradecida a los favores que usted nos hace...
Por eso mismo...

DON DIEGO.—No se hable de agradecimiento;
cuanto yo puedo hacer, todo es poco... Quiero sólo que
doña Paquita esté contenta.

DOÑA IRENE.—Pues ¿no ha de estarlo? Responde.

DOÑA FRANCISCA.—Sí, señor, que lo estoy.

DON DIEGO.—Y que la mudanza de estado que se la
previene no la cueste el menor sentimiento.

DOÑA IRENE.—No, señor; todo al contrario... Boda
más a gusto de todos no se pudiera imaginar.

DON DIEGO.—En esa inteligencia puedo asegurarla
que no tendrá motivos de arrepentirse después. En
nuestra compañía vivirá querida y adorada, y espero
que a fuerza de beneficios he de merecer su estimación
y su amistad.

DOÑA FRANCISCA.—Gracias, señor don Diego...
¡A una huérfana, pobre, desvalida como yo!...

DON DIEGO.—Pero de prendas tan estimables que
la hacen a usted digna todavía de mayor fortuna.

DOÑA IRENE.—Ven aquí, ven... Ven aquí, Paquita.

DOÑA FRANCISCA.—¡Mamá! *(Levántase, abraza a su madre y se acarician mutuamente.)*

DOÑA IRENE.—¿Ves lo que te quiero?

DOÑA FRANCISCA.—Sí, señora.

DOÑA IRENE.—¿Y cuánto procuro tu bien, que no tengo otro pío sino el de verte colocada antes que yo falte?

DOÑA FRANCISCA.—Bien lo conozco.

DOÑA IRENE.—¡Hija de mi vida! ¿Has de ser buena?

DOÑA FRANCISCA.—Sí, señora.

DOÑA IRENE.—¡Ay, que no sabes tú lo que te quiere tu madre!

DOÑA FRANCISCA.—Pues qué, ¿no la quiero yo a usted?

DON DIEGO.—Vamos, vamos de aquí. *(Levántase* DON DIEGO *y después* DOÑA IRENE.) No venga alguno y nos halle a los tres llorando como tres chiquillos...

DOÑA IRENE.—Sí, dice usted bien. *(Vanse los dos al cuarto de* DOÑA IRENE. DOÑA FRANCISCA *va detrás, y* RITA, *que sale por la puerta del foro, la hace detener.)*

ESCENA VI

RITA, DOÑA FRANCISCA

RITA.—Señorita... ¡Eh!... chit..., señorita...

DOÑA FRANCISCA.—¿Qué quieres?

RITA.—Ya ha venido.

DOÑA FRANCISCA.—¿Cómo?

RITA.—Ahora mismo acaba de llegar. Le he dado un abrazo con licencia de usted, y ya sube por la escalera.

DOÑA FRANCISCA.—¡Ay, Dios!... ¿Y qué debo hacer?

RITA.—¡Donosa pregunta!... Vaya, lo que importa es no gastar el tiempo en melindres de amor... Al asunto... y juicio... Y mire usted que en el paraje en que estamos la conversación no puede ser muy larga... Ahí está.

DOÑA FRANCISCA.—Sí... Él es.

RITA.—Voy a cuidar de aquella gente... Valor, señorita, y resolución. (RITA *se entra en el cuarto de* DOÑA IRENE.)

DOÑA FRANCISCA.—No, no; que yo también... Pero no lo merece.

ESCENA VII

DON CARLOS, DOÑA FRANCISCA

(Sale DON CARLOS *por la puerta del foro)*

DON CARLOS.—¡Paquita!... ¡Vida mía! Ya estoy aquí... ¿Cómo va, hermosa, cómo va?

DOÑA FRANCISCA.—Bien venido.

DON CARLOS.—¿Cómo tan triste?... ¿No merece mi llegada más alegría?

DOÑA FRANCISCA.—Es verdad; pero acaban de sucederme cosas que me tienen fuera de mí... Sabe usted... Sí, bien lo sabe usted... Después de escrita aquella carta, fueron por mí... Mañana, a Madrid... Ahí está mi madre.

DON CARLOS.—¿En dónde?

DOÑA FRANCISCA.—Ahí, en ese cuarto. *(Señalando el cuarto de* DOÑA IRENE.)

DON CARLOS.—¿Sola?

DOÑA FRANCISCA.—No, señor.

DON CARLOS.—Estará en compañía del prometido esposo. *(Se acerca al cuarto de* DOÑA IRENE, *se detiene y vuelve.)* Mejor... Pero ¿no hay nadie más con ella?

DOÑA FRANCISCA.—Nadie más, solos están... ¿Qué piensa usted hacer?

DON CARLOS.—Si me dejase llevar de mi pasión y de lo que esos ojos me inspiran, una temeridad... Pero tiempo hay... Él también será hombre de honor, y no es justo insultarle porque quiere bien a una mujer tan digna de ser querida... [35]. Yo no conozco a su madre de usted ni... Vamos, ahora nada se puede hacer... Su decoro de usted merece la primera atención.

DOÑA FRANCISCA.—Es mucho el empeño que tiene en que me case con él.

DON CARLOS.—No importa.

DOÑA FRANCISCA.—Quiere que esta boda se celebre así que lleguemos a Madrid.

DON CARLOS.—¿Cuál?... No. Eso, no.

DOÑA FRANCISCA.—Los dos están de acuerdo, y dicen...

DON CARLOS.—Bien... Dirán... Pero no puede ser.

DOÑA FRANCISCA.—Mi madre no me habla continuamente de otra materia. Me amenaza, me ha llenado de temor... Él insta por su parte, me ofrece tantas cosas, me...

DON CARLOS.—Y usted ¿qué esperanza le da?... ¿Ha prometido quererle mucho?

DOÑA FRANCISCA.—¡Ingrato!... Pues ¿no sabe usted que...? ¡Ingrato!

DON CARLOS.—Sí, no lo ignoro, Paquita... Yo he sido el primer amor.

DOÑA FRANCISCA.—Y el último.

DON CARLOS.—Y antes perderé la vida que renunciar al lugar que tengo en ese corazón... Todo él es mío... ¿Digo bien? *(Asiéndola de las manos.)*

DOÑA FRANCISCA.—Pues ¿de quién ha de ser?

DON CARLOS.—¡Hermosa! ¡Qué dulce esperanza me anima!... Una sola palabra de esa boca me asegura... Para todo me da valor... En fin, ya estoy aquí... ¿Usted me llama para que la defienda, la libre, la

---

[35]   Esta actitud que consiste en oponer al impulso de la pasión amorosa el freno de la «razón», es decir, de las conveniencias sociales, es lo que caracteriza al héroe moratiniano frente a la «temeridad» de los galanes del Siglo de Oro, en particular calderonianos.

cumpla una obligación mil y mil veces prometida? Pues a eso mismo vengo yo... Si ustedes se van a Madrid mañana, yo voy también. Su madre de usted sabrá quién soy... Allí puedo contar con el favor de un anciano respetable y virtuoso, a quien más que tío debo llamar amigo y padre. No tiene otro deudo más inmediato ni más querido que yo; es hombre muy rico, y si los dones de la fortuna tuviesen para usted algún atractivo, esta circunstancia añadiría felicidades a nuestra unión.

DOÑA FRANCISCA.—¿Y qué vale para mí toda la riqueza del mundo?

DON CARLOS.—Ya lo sé. La ambición no puede agitar a un alma tan inocente.

DOÑA FRANCISCA.—Querer y ser querida... Ni apetezco más ni conozco mayor fortuna.

DON CARLOS.—Ni hay otra... Pero usted debe serenarse y esperar que la suerte mude nuestra aflicción presente en durables dichas.

DOÑA FRANCISCA.—¿Y qué se ha de hacer para que a mi pobre madre no la cueste una pesadumbre?... ¡Me quiere tanto!... Si acabo de decirla que no la disgustaré ni me apartaré de su lado jamás, que siempre seré obediente y buena... ¡Y me abrazaba con tanta ternura! Quedó tan consolada con lo poco que acerté a decirla... Yo no sé, no sé qué camino ha de hallar usted para salir de estos ahogos.

DON CARLOS.—Yo le buscaré... ¿No tiene usted confianza en mí?

DOÑA FRANCISCA.—Pues ¿no he de tenerla? ¿Piensa usted que estuviera yo viva si esa esperanza no me animase? Sola y desconocida de todo el mundo, ¿qué había yo de hacer? Si usted no hubiese venido, mis melancolías me hubieran muerto sin tener a quién volver los ojos ni poder comunicar a nadie la causa de ellas... Pero usted ha sabido proceder como caballero y amante y acaba de darme con su venida la prueba mayor de lo mucho que me quiere. *(Se enternece y llora.)*

DON CARLOS.—¡Qué llanto!... ¡Cómo persuade!... Sí, Paquita, yo solo basto para defenderla a usted de cuantos quieran oprimirla. A un amante favorecido ¿quién puede oponérsele? Nada hay que temer.

DOÑA FRANCISCA.—¿Es posible?

DON CARLOS.—Nada... Amor ha unido nuestras almas en estrechos nudos, y sólo la muerte bastará a dividirlas.

ESCENA VIII

RITA, DOÑA FRANCISCA, DON CARLOS

RITA.—Señorita, adentro. La mamá pregunta por usted. Voy a traer la cena, y se van a recoger al instante... Y usted, señor galán, ya puede también disponer de su persona.

DON CARLOS.—Sí, que no conviene anticipar sospechas... Nada tengo que añadir.

DOÑA FRANCISCA.—Ni yo.

DON CARLOS.—Hasta mañana. Con la luz del día veremos a este dichoso competidor.

RITA.—Un caballero muy honrado, muy rico, muy prudente; con su chupa larga, su camisola limpia y sus sesenta años debajo del peluquín [36]. *(Se va por la puerta del foro.)*

DOÑA FRANCISCA.—Hasta mañana.

DON CARLOS.—Adiós, Paquita.

DOÑA FRANCISCA.—Acuéstese usted y descanse.

DON CARLOS.—¿Descansar con celos?

DOÑA FRANCISCA.—¿De quién?

DON CARLOS.—Buenas noches... Duerma usted bien, Paquita.

---

[36] El peluquín y sobre todo la chupa larga, es decir, con faldillas de la cintura abajo, que se llevaba debajo de la casaca, caracterizan en 1806 a una persona mayor.

Doña Francisca.—¿Dormir con amor?

Don Carlos.—Adiós, vida mía.

Doña Francisca.—Adiós. *(Éntrase al cuarto de* Doña Irene.)

ESCENA IX

Don Carlos, Calamocha, Rita

Don Carlos.—¡Quitármela! *(Paseándose inquieto.)* No... Sea quien fuere, no me la quitará. Ni su madre ha de ser tan imprudente que se obstine en verificar este matrimonio repugnándolo su hija..., mediando yo... ¡Sesenta años!... Precisamente será muy rico... ¡El dinero!... Maldito él sea, que tantos desórdenes origina.

Calamocha.—Pues, señor *(Sale por la puerta del foro),* tenemos un medio cabrito asado, y... a lo menos parece cabrito. Tenemos una magnífica ensalada de berros, sin anapelos [37] ni otra materia extraña, bien lavada, escurrida y condimentada por estas manos pecadoras, que no hay más que pedir. Pan de Meco [38], vino de la Tercia... [39]. Conque si hemos de cenar y dormir, me parece que sería bueno...

Don Carlos.—Vamos... ¿Y adónde ha de ser?

Calamocha.—Abajo. Allí he mandado disponer una angosta y fementida mesa, que parece un banco de herrador.

Rita.—¿Quién quiere sopas? *(Sale por la puerta del foro con unos platos, taza, cuchara y servilleta.)*

Don Carlos.—Buen provecho.

---

[37] «Tú que coges el berro, guárdate del anapelo» (refrán).
[38] Villa del partido de Alcalá.
[39] La Tercia del Camino, concejo antiguo de la provincia de León.

CALAMOCHA.—Si hay alguna real moza que guste de cenar cabrito, levante el dedo.

RITA.—La real moza se ha comido ya media cazuela de albondiguillas. Pero lo agradece, señor militar. (*Éntrase al cuarto de* DOÑA IRENE.)

CALAMOCHA.—Agradecida te quiero yo, niña de mis ojos.

DON CARLOS.—Conque, ¿vamos?

CALAMOCHA.—¡Ay, ay, ay!... (CALAMOCHA *se encamina a la puerta del foro y vuelve; hablan de él y* DON CARLOS, *con reserva, hasta que* CALAMOCHA *se adelanta a saludar a* SIMÓN.) ¡Eh! Chit, digo...

DON CARLOS.—¿Qué?

CALAMOCHA.—¿No ve usted lo que viene por allí?

DON CARLOS.—¿Es Simón?

CALAMOCHA.—El mismo... Pero ¿quién diablos le...?

DON CARLOS.—¿Y qué haremos?

CALAMOCHA.—¿Qué sé yo?... Sonsacarle, mentir y... ¿Me da usted licencia para que...?

DON CARLOS.—Sí; miente lo que quieras. ¿A qué habrá venido este hombre?

ESCENA X

SIMÓN, DON CARLOS, CALAMOCHA

(SIMÓN *sale por la puerta del foro*)

CALAMOCHA.—Simón, ¿tú por aquí?

SIMÓN.—Adiós, Calamocha. ¿Cómo va?

CALAMOCHA.—Lindamente.

SIMÓN.—¡Cuánto me alegro de...!

DON CARLOS.—¡Hombre! ¿Tú en Alcalá? Pues ¿qué novedad es ésta?

SIMÓN.—¡Oh, que estaba usted ahí, señorito!... ¡Voto va sanes!

DON CARLOS.—¿Y mi tío?

SIMÓN.—Tan bueno.

CALAMOCHA.—Pero ¿se ha quedado en Madrid, o...?

SIMÓN.—¿Quién me había de decir a mí...? ¡Cosa como ella! Tan ajeno estaba yo ahora de... Y usted, de cada vez más guapo... ¿Conque usted irá a ver al tío, eh?

CALAMOCHA.—Tú habrás venido con algún encargo del amo.

SIMÓN.—¡Y qué calor traje, y qué polvo por ese camino. ¡Ya, ya!

CALAMOCHA.—Alguna cobranza tal vez, ¿eh?

DON CARLOS.—Puede ser. Como tiene mi tío ese poco de hacienda en Ajalvir... ¿No has venido a eso?

SIMÓN.—¡Y qué buena maula le ha salido el tal administrador! Labriego más marrullero y más bellaco no le hay en toda la campiña... ¿Conque usted viene ahora de Zaragoza?

DON CARLOS.—Pues... Figúrate tú.

SIMÓN.—¿O va usted allá?

DON CARLOS.—¿Adónde?

SIMÓN.—A Zaragoza. ¿No está allí el regimiento?

CALAMOCHA.—Pero, hombre, si salimos el verano pasado de Madrid, ¿no habíamos de haber andado más de cuatro leguas?

SIMÓN.—¡Qué sé yo! Algunos van por la posta, y tardan más de cuatro meses en llegar... Debe de ser un camino muy malo.

CALAMOCHA.—(*Aparte, separándose de* SIMÓN.) ¡Maldito seas tú y tu camino, y la bribona que te dio papilla![40].

DON CARLOS.—Pero aún no me has dicho si mi

---

[40] Maldición españolísima si la hay; pero nótese la elaboración que ha sufrido para resultar tolerable en las tablas.

tío está en Madrid o en Alcalá, ni a qué has venido, ni...

SIMÓN.—Bien, a eso voy... Sí, señor, voy a decir a usted... Conque... Pues el amo me dijo...

ESCENA XI

DON DIEGO, DON CARLOS, SIMÓN, CALAMOCHA

DON DIEGO.—*(Desde adentro.)* No, no es menester; si hay luz aquí. Buenas noches, Rita. (DON CARLOS *se turba y se aparta a un extremo del teatro.)*

DON CARLOS.—¡Mi tío!

DON DIEGO.—¡Simón! *(Sale del cuarto de* DOÑA IRENE, *encaminándose al suyo; repara en* DON CARLOS *y se acerca a él.* SIMÓN *le alumbra y vuelve a dejar la luz sobre la mesa.)*

SIMÓN.—Aquí estoy, señor.

DON CARLOS.—*(Aparte.)* ¡Todo se ha perdido!

DON DIEGO.—Vamos... Pero... ¿quién es?

SIMÓN.—Un amigo de usted, señor.

DON CARLOS.—*(Aparte.)* ¡Yo estoy muerto!

DON DIEGO.—¿Cómo un amigo?... ¿Qué?... Acerca esa luz.

DON CARLOS.—¡Tío! *(En ademán de besar la mano a* DON DIEGO, *que le aparta de sí con enojo.)*

DON DIEGO.—Quítate de ahí.

DON CARLOS.—¡Señor!

DON DIEGO.—Quítate... No sé cómo no le... ¿Qué hace aquí?

DON CARLOS.—Si usted se altera y...

DON DIEGO.—¿Qué haces aquí?

DON CARLOS.—Mi desgracia me ha traído.

DON DIEGO.—¡Siempre dándome que sentir, siempre! Pero... *(Acercándose a* DON CARLOS.) ¿Qué dices? ¿De veras ha ocurrido alguna desgracia? Vamos... ¿Qué te sucede?... ¿Por qué estás aquí?

CALAMOCHA.—Porque le tiene a usted ley, y le quiere bien, y...

DON DIEGO.—A ti no te pregunto nada... ¿Por qué has venido de Zaragoza sin que yo lo sepa?... ¿Por qué te asusta el verme?... Algo has hecho: sí, alguna locura has hecho que le habrá de costar la vida a su pobre tío.

DON CARLOS.—No, señor; que nunca olvidaré las máximas de honor y prudencia que usted me ha inspirado tantas veces.

DON DIEGO.—Pues ¿a qué viniste? ¿Es desafío? ¿Son deudas? ¿Es algún disgusto con tus jefes?... Sácame de esta inquietud, Carlos... Hijo mío, sácame de este afán.

CALAMOCHA.—Si todo ello no es más que...

DON DIEGO.—Ya he dicho que calles... Ven acá. *(Tomándole de la mano se aparta con él a un extremo del teatro, y le habla en voz baja.)* Dime qué ha sido.

DON CARLOS.—Una ligereza, una falta de sumisión a usted... Venir a Madrid sin pedirle licencia primero... Bien arrepentido estoy, considerando la pesadumbre que le he dado al verme.

DON DIEGO.—¿Y qué otra cosa hay?

DON CARLOS.—Nada más, señor.

DON DIEGO.—Pues ¿qué desgracia era aquélla de que me hablaste?

DON CARLOS.—Ninguna. La de hallarle a usted en este paraje... y haberle disgustado tanto, cuando yo esperaba sorprenderle en Madrid, estar en su compañía algunas semanas, y volverme contento de haberle visto.

DON DIEGO.—¿No hay más?

DON CARLOS.—No, señor.

DON DIEGO.—Míralo bien.

DON CARLOS.—No, señor... A eso venía. No hay nada más.

DON DIEGO.—Pero no me digas tú a mí... Si es imposible que estas escapadas se... No, señor... ¿Ni quién ha de permitir que un oficial se vaya cuando se le antoje, y abandone de ese modo sus banderas?... Pues si tales ejemplos se repitieran mucho, adiós disciplina militar... Vamos... Eso no puede ser.

DON CARLOS.—Considere usted, tío, que estamos en tiempo de paz; que en Zaragoza no es necesario un servicio tan exacto como en otras plazas, en que no se permite descanso a la guarnición... Y en fin, puede usted creer que este viaje supone la aprobación y la licencia de mis superiores, que yo también miro por mi estimación, y que cuando me he venido, estoy seguro de que no hago falta.

DON DIEGO.—Un oficial siempre hace falta a sus soldados. El rey le tiene allí para que los instruya, los proteja, y les dé ejemplo de subordinación, de valor, de virtud.

DON CARLOS.—Bien está; pero ya he dicho los motivos...

DON DIEGO.—Todos esos motivos no valen nada... ¡Porque le dio la gana de ver al tío!... Lo que quiere su tío de usted [41] no es verle cada ocho días, sino saber que es hombre de juicio, y que cumple con sus obligaciones. Eso es lo que quiere... Pero *(Alza la voz y se pasea con inquietud)* yo tomaré mis medidas para que estas locuras no se repitan otra vez... Lo que usted ha de hacer ahora es marcharse inmediatamente.

DON CARLOS.—Señor, si...

DON DIEGO.—No hay remedio... Y ha de ser al instante. Usted no ha de dormir aquí.

CALAMOCHA.—Es que los caballos no están ahora para correr... ni pueden moverse.

DON DIEGO.—Pues con ellos *(A CALAMOCHA)* y con las maletas al mesón de afuera. Usted *(A DON CARLOS)* no ha de dormir aquí... Vamos *(A CALAMOCHA)*, tú, buena pieza, menéate. Abajo con todo.

---

[41] El cambio de tratamiento expresa cierto distanciamiento, es decir, cierto enojo.

Pagar el gasto que se haya hecho, sacar los caballos y marchar... Ayúdale tú... *(A* SIMÓN.*)* ¡Qué dinero tienes ahí?

SIMÓN.—Tendré unas cuatro o seis onzas[42]. *(Saca de un bolsillo algunas monedas y se las da a* DON DIEGO.*)*

DON DIEGO.—Dámelas acá. Vamos, ¿qué haces? *(A* CALAMOCHA.*)* ¿No he dicho que ha de ser al instante? Volando. Y tú *(A* SIMÓN*),* ve con él, ayúdale, y no te me apartes de allí hasta que se hayan ido. *(Los dos criados entran en el cuarto de* DON CARLOS.*)*

ESCENA XII

DON DIEGO, DON CARLOS

DON DIEGO.—Tome usted. *(Le da el dinero.)* Con eso hay bastante para el camino. Vamos, que cuando yo lo dispongo así, bien sé lo que me hago... ¿No conoces que es todo por tu bien, y que ha sido un desatino el que acabas de hacer?... Y no hay que afligirse por eso, ni creas que es falta de cariño... Ya sabes lo que te he querido siempre; y en obrando tú según corresponde, seré tu amigo como lo he sido hasta aquí.

DON CARLOS.—Ya lo sé.

DON DIEGO.—Pues bien, ahora obedece lo que te mando.

DON CARLOS.—Lo haré sin falta.

DON DIEGO.—Al mesón de afuera. *(A los criados, que salen con los trastos del cuarto de* DON CARLOS *y se van por la puerta del foro.)* Allí puedes dormir, mientras los caballos comen y descansan... Y no me vuelvas aquí por ningún pretexto ni entres en la ciudad... ¡Cuidado! Y a eso de las tres o las cuatro,

---

[42] Véase *La comedia nueva,* pág. 84, nota 36.

marchar. Mira que he de saber a la hora que sales. ¿Lo entiendes?

DON CARLOS.—Sí, señor.

DON DIEGO.—Mira que lo has de hacer.

DON CARLOS.—Sí, señor; haré lo que usted manda.

DON DIEGO.—Muy bien,... Adiós... Todo te lo perdono... Vete con Dios... Y yo sabré también cuándo llegas a Zaragoza; no te parezca que estoy ignorante de lo que hiciste la vez pasada.

DON CARLOS.—Pues ¿qué hice yo?

DON DIEGO.—Si te digo que lo sé, y que te lo perdono, ¿qué más quieres? No es tiempo ahora de tratar de eso. Vete.

DON CARLOS.—Quede usted con Dios. *(Hace que se va, y vuelve.)*

DON DIEGO.—¿Sin besar la mano a su tío, eh?

DON CARLOS.—No me atreví. *(Besa la mano a* DON DIEGO, *y se abrazan.)*

DON DIEGO.—Y dame un abrazo, por si no nos volvemos a ver.

DON CARLOS.—¿Qué dice usted? ¡No lo permita Dios!

DON DIEGO.—¡Quién sabe, hijo mío! ¿Tienes algunas deudas? ¿Te falta algo?

DON CARLOS.—No, señor; ahora no.

DON DIEGO.—Mucho es, porque tú siempre tiras por largo... Como cuentas con la bolsa del tío... Pues bien, yo escribiré al señor Aznar para que te dé cien doblones[43] de orden mía. Y mira cómo lo gastas. ¿Juegas?

DON CARLOS.—No, señor; en mi vida.

DON DIEGO.—Cuidado con eso... Conque, buen viaje. Y no te acalores: jornadas regulares y nada más... ¿Vas contento?

---

[43] Véase *La comedia nueva,* pág. 66, nota 11; son pues seis mil reales, algo así como la quinta parte del salario anual del alto funcionario del Estado Moratín.

Don Carlos.—No, señor. Porque usted me quiere mucho, me llena de beneficios, y yo le pago mal.

Don Diego.—No se hable ya de lo pasado... Adiós.

Don Carlos.—¿Queda usted enojado conmigo?

Don Diego.—No, por cierto... Me disgusté bastante, pero ya se acabó... No me des que sentir. *(Poniéndole ambas manos sobre los hombros.)* Portarse como hombre de bien.

Don Carlos.—No lo dude usted.

Don Diego.—Como oficial de honor.

Don Carlos.—Así lo prometo.

Don Diego.—Adiós, Carlos. *(Abrázanse.)*

Don Carlos.—*(Aparte, al irse por la puerta del foro.)* ¡Y la dejo! ¡Y la pierdo para siempre!

ESCENA XIII

Don Diego

Don Diego.—Demasiado bien se ha compuesto... Luego lo sabrá enhorabuena... Pero no es lo mismo escribírselo que... Después de hecho, no importa nada... ¡Pero siempre aquel respeto al tío!... Como una malva es. *(Se enjuga las lágrimas, toma una luz y se va a su cuarto. Queda obscura la escena por un breve espacio.)*

ESCENA XIV

Doña Francisca, Rita

(Salen del cuarto de Doña Irene. Rita *sacará una luz y la pone encima de la mesa)*

Rita.—Mucho silencio hay por aquí.

Doña Francisca.—Se habrán recogido ya... Estarán rendidos.

RITA.—Precisamente.

DOÑA FRANCISCA.—¡Un camino tan largo!

RITA.—¡A lo que obliga el amor, señorita!

DOÑA FRANCISCA.—Sí, bien puedes decirlo: amor... Y yo, ¿qué no hiciera por él?

RITA.—Y deje usted, que no ha de ser éste el último milagro. Cuando lleguemos a Madrid, entonces será ella... El pobre don Diego ¡qué chasco se va a llevar! Y, por otra parte, vea usted qué señor tan bueno, que cierto da lástima...

DOÑA FRANCISCA.—Pues en eso consiste todo. Si él fuese un hombre despreciable, ni mi madre hubiera admitido su pretensión, ni yo tendría que disimular mi repugnancia... Pero ya es otro tiempo, Rita. Don Félix ha venido, y ya no temo a nadie. Estando mi fortuna en su mano, me considero la más dichosa de la mujeres.

RITA.—¡Ay! Ahora que me acuerdo... Pues poquito me lo encargó... Ya se ve, si con estos amores tengo yo también la cabeza... Voy por él. *(Encaminándose al cuarto de* DOÑA IRENE.*)*

DOÑA FRANCISCA.—¿A qué vas?

RITA.—El tordo, que ya se me olvidaba sacarle de allí.

DOÑA FRANCISCA.—Sí, tráele, no empiece a rezar como anoche... Allí quedó junto a la ventana... Y ven con cuidado, no despierte mamá.

RITA.—Sí, mire usted el estrépito de caballerías que anda por allá abajo... Hasta que lleguemos a nuestra calle del Lobo[44], número siete, cuarto segundo, no hay que pensar en dormir... Y ese maldito portón, que rechina que...

DOÑA FRANCISCA.—Te puedes llevar la luz.

RITA.—No es menester, que ya sé dónde está. *(Vase al cuarto de* DOÑA IRENE.*)*

---

[44] Hoy de Echegaray.

ESCENA XV

Doña Francisca, Simón

(Sale por la puerta del foro Simón)

Doña Francisca.—Yo pensé que estaban ustedes acostados.

Simón.—El amo ya habrá hecho esa diligencia; pero yo todavía no sé en dónde he de tender el rancho... Y buen sueño que tengo.

Doña Francisca.—¿Qué gente nueva ha llegado ahora?

Simón.—Nadie. Son unos que estaban allí, y se han ido.

Doña Francisca.—¿Los arrieros?

Simón.—No, señora. Un oficial y un criado suyo, que parece que se van a Zaragoza.

Doña Francisca.—¿Quiénes dice usted que son?

Simón.—Un teniente coronel y su asistente.

Doña Francisca.—¿Y estaban aquí?

Simón.—Sí, señora, ahí en ese cuarto.

Doña Francisca.—No los he visto.

Simón.—Parce que llegaron esta tarde y... A la cuenta habrán despachado ya la comisión que traían... Conque se han ido... Buenas noches, señorita. *(Vase al cuarto de* Don Diego.)

ESCENA XVI

Doña Francisca, Rita

Doña Francisca.—¡Dios mío de mi alma! ¿Qué es esto? No puedo sostenerme. ¡Desdichada! *(Siéntase en una silla junto a la mesa.)*

Rita.—Señorita, yo vengo muerta. *(Saca la jaula*

*del tordo y la deja encima de la mesa; abre la puerta
del cuarto de* DON CARLOS *y vuelve.)*

DOÑA FRANCISCA.—¡Ay, que es cierto! ¿Tú lo
sabes también?

RITA.—Deje usted, que todavía no creo lo que he
visto... Aquí no hay nadie..., ni maletas, ni ropa, ni...
Pero ¿cómo podía engañarme? Si yo misma los he
visto salir.

DOÑA FRANCISCA.—¿Y eran ellos?

RITA.—Sí, señora. Los dos.

DOÑA FRANCISCA.—Pero ¿se han ido fuera de la
ciudad?

RITA.—Si no los he perdido de vista hasta que
salieron por Puerta de Mártires... Como está un paso
de aquí.

DOÑA FRANCISCA.—¿Y es ése el camino de Ara-
gón?

RITA.—Ése es.

DOÑA FRANCISCA.—¡Indigno! ¡Hombre indigno!

RITA.—Señorita.

DOÑA FRANCISCA.—¿En qué te ha ofendido esta
infeliz?

RITA.—Yo estoy temblando toda... Pero... Si es
incomprensible... Si no alcanzo a descubrir qué motivos ha podido haber para esta novedad.

DOÑA FRANCISCA.—Pues ¿no le quise más que a
mi vida?... ¿No me ha visto loca de amor?

RITA.—No sé qué decir al considerar una acción
tan infame.

DOÑA FRANCISCA.—¿Qué has de decir? Que no
me ha querido nunca, ni es hombre de bien... ¿Y vino
para esto? ¡Para engañarme, para abandonarme así!
(Levántase y RITA *la sostiene.)*

RITA.—Pensar que su venida fue con otro desig-
nio, no me parece natural... Celos... ¿Por qué ha de
tener celos?... Y aun eso mismo debiera enamorarle
más... Él no es cobarde, y no hay que decir que habrá
tenido miedo de su competidor.

DOÑA FRANCISCA.—Te cansas en vano. Di que es un pérfido, di que es un monstruo de crueldad, y todo lo has dicho.

RITA.—Vamos de aquí, que puede venir alguien y...

DOÑA FRANCISCA.—Sí, vámonos... Vamos a llorar... ¡Y en qué situación me deja!... Pero ¿ves qué malvado?

RITA.—Sí, señora; ya lo conozco.

DOÑA FRANCISCA.—¡Qué bien supo fingir!... ¿Y con quién? Conmigo... ¿Pues yo merecí ser engañada tal alevosamente?... ¿Mereció mi cariño este galardón?... ¡Dios de mi vida! ¿Cuál es mi delito, cuál es? (RITA *coge la luz y se van entrambas al cuarto de* DOÑA FRANCISCA.)

ACTO III

ESCENA I

(Teatro obscuro. Sobre la mesa habrá un candelero con vela apagada y la jaula del tordo. SIMÓN duerme tendido en el banco)

DON DIEGO, SIMÓN

DON DIEGO.—*(Sale de su cuarto poniéndose la bata.)* Aquí, a lo menos, ya que no duerma no me derretiré... Vaya, si alcoba como ella no se... ¡Cómo ronca éste!... Guardémosle el sueño hasta que venga el día, que ya poco puede tardar... (SIMÓN *despierta y se levanta.)* ¿Qué es eso? Mira no te caigas, hombre.

SIMÓN.—¿Que estaba usted ahí, señor?

DON DIEGO.—Sí, aquí me he salido, porque allí no se puede parar.

SIMÓN.—Pues yo, a Dios gracias, aunque la cama es algo dura, he dormido como un emperador.

DON DIEGO.—¡Mala comparación! Di que has dormido como un pobre hombre, que no tiene ni dinero, ni ambición, ni pesadumbres, ni remordimientos.

SIMÓN.—En efecto, dice usted bien... ¿Y qué hora será ya?

DON DIEGO.—Poco ha que sonó el reloj de San Justo, y si no conté mal, dio las tres.

SIMÓN.—¡Oh!, pues ya nuestros caballeros irán por ese camino adelante echando chispas.

DON DIEGO.—Sí, ya es regular que hayan salido... Me lo prometió y espero que lo hará.

SIMÓN.—Pero ¡si usted viera qué apesadumbrado le dejé! ¡Qué triste!

DON DIEGO.—Ha sido preciso.

SIMÓN.—Ya lo conozco.

DON DIEGO.—¿No ves qué venida tan intempestiva?

SIMÓN.—Es verdad. Sin permiso de usted, sin avisarle, sin haber un motivo urgente... Vamos, hizo muy mal. Bien que por otra parte él tiene prendas suficientes para que se le perdone esta ligereza... Digo... Me parece que el castigo no pasará adelante, ¿eh?

DON DIEGO.—¡No, qué! No, señor. Una cosa es que le haya hecho volver... Ya ves en qué circunstancias nos cogía... Te aseguro que cuando se fue me quedó un ansia en el corazón. *(Suenan a lo lejos tres palmadas, y poco después se oye que puntean un instrumento.)* ¿Qué ha sonado?

SIMÓN.—No sé. Gente que pasa por la calle. Serán labradores.

DON DIEGO.—Calla.

SIMÓN.—Vaya, música tenemos, según parece.

DON DIEGO.—Sí, como lo hagan bien.

SIMÓN.—¿Y quién será el amante infeliz que se viene a puntear a estas horas en ese callejón tan puerco? Apostaré que son amores con la moza de la posada, que parece un mico.

DON DIEGO.—Puede ser.

SIMÓN.—Ya empiezan, oigamos. *(Tocan una sonata desde adentro.)* [45]. Pues dígole a usted

---

[45] En la primera edición cantaba don Carlos desde dentro:

Si duerme y reposa
la bella que adoro,

que toca muy lindamente el pícaro del barbe-rillo [46].

DON DIEGO.—No; no hay barbero que sepa hacer eso, por muy bien que afeite.

SIMÓN.—¿Quiere usted que nos asomemos un poco, a ver?...

DON DIEGO.—No, dejarlos... ¡Pobre gente! ¡Quién sabe la importancia que darán ellos a la tal música!... No gusto yo de incomodar a nadie. *(Salen de su cuarto* DOÑA FRANCISCA *y* RITA, *encaminándose a la ventana.* DON DIEGO *y* SIMÓN *se retiran a un lado y observan.)*

SIMÓN.—¡Señor!... ¡Eh!... Presto, aquí a un ladito.

DON DIEGO.—¿Qué quieres?

SIMÓN.—Que han abierto la puerta de esa alcoba y huele a faldas que trasciende.

DON DIEGO.—¿Sí?... Retirémonos.

ESCENA II

DOÑA FRANCISCA, RITA, DON DIEGO, SIMÓN

RITA.—Con tiento, señorita.

DOÑA FRANCISCA.—Siguiendo la pared, ¿no voy bien? *(Vuelven a puntear el instrumento.)*

---

su paz deliciosa
no turbe mi lloro,
y en sueños corónela
de dichas amor.

Pero si su mente
vagando delira,
si me llama ausente,
si celosa expira,
diréla mi bárbaro,
mi fiero dolor.

[46] «Un libro sin prólogo es lo mismo que un doctor sin mula, un barbero sin guitarra...» (Conde de Peñaflorida, *Los aldeanos críticos,* B.A.E., XV, pág. 367).

RITA.—Sí, señora... Pero vuelven a tocar... Silencio...

DOÑA FRANCISCA.—No te muevas... Deja... Sepamos primero si es él.

RITA.—Pues ¿no ha de ser?... La seña no puede mentir.

DOÑA FRANCISCA.—Calla.... [47]. Sí, él es... ¡Dios mío! *(Acércase* RITA *a la ventana, abre la vidriera y da tres palmadas. Cesa la música.)* Ve, responde... Albricias, corazón. Él es.

SIMÓN.—¿Ha oído usted?

DON DIEGO.—Sí.

SIMÓN.—¿Qué querrá decir esto?

DON DIEGO.—Calla.

DOÑA FRANCISCA.—*(Se asoma a la ventana.* RITA *se queda detrás de ella. Los puntos suspensivos indican las interrupciones más o menos largas.)* Yo soy... ¿Y qué había de pensar viendo lo que usted acaba de hacer?... ¿Qué fuga es ésta? Rita *(Apartándose de la ventana, y vuelve después a asomarse),* amiga, por Dios, ten cuidado, y si oyeres algún rumor, al instante avísame... ¿Para siempre? ¡Triste de mí!... Bien está, tírela usted... Pero yo no acabo de entender... ¡Ay, don Félix! Nunca le he visto a usted tan tímido... *(Tiran desde adentro una carta que cae por la ventana al teatro.* DOÑA FRANCISCA *la busca, y no hallándola vuelve a asomarse.)* No, no la he cogido; pero aquí está, sin duda... ¿Y no he de saber yo, hasta que llegue el día, los motivos que tiene usted para dejarme muriendo?... Sí, yo quiero saberlo de boca de usted. Su Paquita de usted se lo manda... ¿Y cómo le parece a usted que estará el mío?... No me cabe en el pecho..., diga usted. (SIMÓN *se adelanta un poco, tropieza con la jaula y la deja caer.)*

---

[47] En 1805, don Carlos cantaba otra vez los dos primeros hexasílabos de la escena anterior (véase nota 45).

RITA.—Señorita, vamos de aquí... Presto, que hay gente.

DOÑA FRANCISCA.—¡Infeliz de mí!... Guíame.

RITA.—Vamos *(Al retirarse tropieza con* SIMÓN. *Las dos se van al cuarto de* DOÑA FRANCISCA.) ¡Ay!

DOÑA FRANCISCA.—¡Muerta voy!

ESCENA III

DON DIEGO, SIMÓN

DON DIEGO.—¿Qué grito fue ése?

SIMÓN.—Una de las fantasmas, que al retirarse tropezó conmigo.

DON DIEGO.—Acércate a esa ventana y mira si hallas en el suelo un papel... ¡Buenos estamos!

SIMÓN.—*(Tentando por el suelo cerca de la ventana.)* No encuentro nada, señor.

DON DIEGO.—Búscale bien, que por ahí ha de estar.

SIMÓN.—¿Le tiraron desde la calle?

DON DIEGO.—Sí... ¿Qué amante es éste? ¡Y dieciséis años y criada en un convento! Acabó ya toda mi ilusión.

SIMÓN.—Aquí está. *(Halla la carta y se la da a* DON DIEGO.)

DON DIEGO.—Vete abajo y enciende una luz... En la caballeriza o en la cocina... Por ahí habrá algún farol... Y vuelve con ella al instante. *(Vase* SIMÓN *por la puerta del foro.)*

ESCENA IV

DON DIEGO

DON DIEGO.—¿Y a quién debo culpar? *(Apoyándose en el respaldo de una silla.)* ¿Es ella la delincuen-

te, o su madre, o sus tías, o yo?... ¿Sobre quién...,
sobre quién ha de caer esta cólera, que por más que
lo procuro no la sé reprimir?... ¡La naturaleza la hizo
tan amable a mis ojos!... ¡Qué esperanzas tan hala-
güeñas concebí! ¡Qué felicidades me prometía!... ¡Celos!... ¿Yo?... ¡En qué edad tengo celos!... Vergüenza
es... Pero esta inquietud que yo siento, esta indignación, estos deseos de venganza, ¿de qué provienen?
¿Cómo he de llamarlos? Otra vez parece que... *(Advirtiendo que suena ruido en la puerta del cuarto de*
DOÑA FRANCISCA, *se retira a un extremo del teatro.)* Sí.

ESCENA V

DON DIEGO, RITA, SIMÓN

RITA.—Ya se han ido... *(Observa, escucha, asóma-
se después y busca la carta por el suelo.)* ¡Válgame
Dios!...El papel estará muy bien escrito, pero el señor
don Félix es un grandísimo picarón... ¡Pobrecita de
mi alma! Se muere sin remedio... Nada, ni perros
parecen por la calle... ¡Ojalá no los hubiéramos
conocido! ¿Y estea maldito papel?... Pues buena la
hiciéramos si no pareciese... ¿Qué dirá?... Mentiras,
mentiras y todo mentira.

SIMÓN.—Ya tenemos luz. *(Sale con luz,* RITA *se
sorprende.)*

RITA.—¡Perdida soy!

DON DIEGO.—*(Acercándose.)* ¡Rita! ¿Pues tú
aquí?

RITA.—Sí, señor, porque...

DON DIEGO.—¿Qué buscas a estas horas?

RITA.—Buscaba... Yo le diré a usted... Porque
oímos un ruido tan grande...

SIMÓN.—¿Sí, eh?

RITA.—Cierto... Un ruido y... y mire usted *(Alza
la jaula que está en el suelo)*: era la jaula del tordo...

Pues la jaula era, no tiene duda... ¡Válgate Dios! ¿Si se habrá muerto!... No, vivo está, vaya... Algún gato habrá sido. Preciso.

SIMÓN.—Sí, algún gato.

RITA.—¡Pobre animal! ¡Y qué asustadillo se conoce que está todavía!

SIMÓN.—Y con mucha razón... ¿No te parece, si le hubiera pillado el gato?...

RITA.—Se lo hubiera comido. *(Cuelga la jaula de un clavo que habrá en la pared.)*

SIMÓN.—Y sin pebre[48]...., ni plumas hubiera dejado.

DON DIEGO.—Tráeme esa luz.

RITA.—¡Ah! Deje usted, encenderemos ésta *(Enciende la vela que está sobre la mesa),* que ya lo que no se ha dormido...

DON DIEGO.—Y doña Paquita, ¿duerme?

RITA.—Sí, señor.

SIMÓN.—Pues mucho es que con el ruido del tordo...

DON DIEGO.—Vamos. *(Se entra en su cuarto. SIMÓN va con él, llevándose una de las luces.)*

ESCENA VI

DOÑA FRANCISCA, RITA

DOÑA FRANCISCA.—*(Saliendo de su cuarto.)* ¿Ha parecido el papel?

RITA.—No, señora.

DOÑA FRANCISCA.—¿Y estaban aquí los dos cuando tú saliste?

RITA.—Yo no lo sé. Lo cierto es que el criado sacó una luz, y me hallé de repente, como por máquina, entre él y su amo, sin poder escapar ni saber qué

---

48 Salsa de pimienta, perejil, ajo y vinagre.

disculpa darles. *(Coge la luz y vuelve a buscar la carta
cerca de la ventana.)*

DOÑA FRANCISCA.—Ellos eran, sin duda... Aquí
estarían cuando yo hablé desde la ventana... ¿Y ese
papel?

RITA.—Yo no lo encuentro, señorita.

DOÑA FRANCISCA.—Le tendrán ellos, no te can-
ses... Si es lo único que faltaba a mi desdicha... No le
busques. Ellos le tienen.

RITA.—A lo menos, por aquí...

DOÑA FRANCISCA.—¡Yo estoy loca! *(Siéntase.)*

RITA.—Sin haberse explicado este hombre, ni decir
siquiera...

DOÑA FRANCISCA.—Cuando iba a hacerlo me
avisaste y fue preciso retirarnos... Pero, ¿sabes tú con
qué temor me habló, qué agitación mostraba? Me
dijo que en aquella carta vería yo los motivos justos
que le precisaban a volverse; que la había escrito para
dejársela a persona fiel que la pusiera en mis manos,
suponiendo que el verme sería imposible. Todo en-
gaños, Rita, de un hombre aleve que prometió lo que
no pensaba cumplir...Vino, halló un competidor y
diría: «Pues yo ¿para qué he de molestar a nadie ni
hacerme ahora defensor de una mujer?... ¡Hay tantas
mujeres!... Cásenla... Yo nada pierdo... Primero es mi
tranquilidad que la vida de esa infeliz.» ¡Dios mío,
perdón!... ¡Perdón de haberle querido tanto!

RITA.—¡Ay, señorita! *(Mirando hacia el cuarto de
DON DIEGO.)* Que parece que salen ya.

DOÑA FRANCISCA.—No importa, déjame.

RITA.—Pero si don Diego la ve a usted de esa
manera.

DOÑA FRANCISCA.—Si todo se ha perdido ya,
¿qué puedo temer?... ¿Y piensas tú que tengo alientos
para levantarme?... Que vengan, nada importa.

ESCENA VII

Don Diego, Simón, Doña Francisca, Rita

Simón.—Voy enterado, no es menester más.

Don Diego.—Mira, y haz que ensillen inmediatamente al *Moro* mientras tú vas allá. Si han salido, vuelves, montas a caballo y en una buena carrera que des los alcanzas... Los dos aquí, ¿eh?... Conque vete, no se pierda tiempo. *(Después de hablar los dos junto al cuarto de* Don Diego, *se va* Simón *por la puerta del foro.)*

Simón.—Voy allá.

Don Diego.—Mucho se madruga, doña Paquita.

Doña Francisca.—Sí, señor.

Don Diego.—¿Ha llamado ya doña Irene?

Doña Francisca.—No, señor... Mejor es que vayas allá, por si ha despertado y se quiere vestir. *(*Rita *se va al cuarto de* Doña Irene.*)*

ESCENA VIII

Don Diego, Doña Francisca

Don Diego.—¿Usted no habrá dormido bien esta noche?

Doña Francisca.—No, señor. ¿Y usted?

Don Diego.—Tampoco.

Doña Francisca.—Ha hecho demasiado calor.

Don Diego.—¿Está usted desazonada?

Doña Francisca.—Alguna cosa.

Don Diego.—¿Qué siente usted? *(Siéntase junto a* Doña Francisca.*)*

Doña Francisca.—No es nada... Así, un poco de... Nada..., no tengo nada.

Don Diego.—Algo será, porque la veo a usted

muy abatida, llorosa, inquieta. ¿Qué tiene usted, Paquita? ¿No sabe usted que la quiero tanto?

DOÑA FRANCISCA.—Sí, señor.

DON DIEGO.—Pues ¿por qué no hace usted más confianza de mí? ¿Piensa usted que no tendré yo mucho gusto en hallar ocasiones de complacerla?

DOÑA FRANCISCA.—Ya lo sé.

DON DIEGO.—Pues ¿cómo sabiendo que tiene usted un amigo no desahoga con él su corazón?

DOÑA FRANCISCA.—Porque eso mismo me obliga a callar.

DON DIEGO.—Eso quiere decir que tal vez soy la causa de su pesadumbre de usted.

DOÑA FRANCISCA.—No, señor; usted en nada me ha ofendido... No es de usted de quien yo me debo quejar.

DON DIEGO.—Pues ¿de quién, hija mía?... Venga usted acá... *(Acércase más.)* Hablemos siquiera una vez sin rodeos ni disimulación. Dígame usted: ¿no es cierto que usted mira con algo de repugnancia este casamiento que se la propone? ¿Cuánto va que si la dejasen a usted entera libertad para la elección no se casaría conmigo?

DOÑA FRANCISCA.—Ni con otro.

DON DIEGO.—¿Será posible que usted no conozca otro más amable que yo, que la quiera bien y que la corresponda como usted merece?

DOÑA FRANCISCA.—No, señor; no, señor.

DON DIEGO.—Mírelo usted bien.

DOÑA FRANCISCA.—¿No le digo a usted que no?

DON DIEGO.—¿Y he de creer, por dicha, que conserve usted tal inclinación al retiro en que se ha criado, que prefiera la austeridad del convento a una vida más...?

DOÑA FRANCISCA.—Tampoco; no señor... Nunca he pensado así...

DON DIEGO.—No tengo empeño de saber más... Pero de todo lo que acabo de oír resulta una gravísima contradicción. Usted no se halla inclinada al estado religioso, según parece. Usted me asegura que no tiene queja ninguna de mí, que está persuadida de lo mucho que la estimo, que no piensa casarse con otro ni debo recelar que nadie me dispute su mano... Pues ¿qué llanto es ése? ¿De dónde nace esa tristeza profunda que en tan poco tiempo ha alterado su semblante de usted en términos que apenas le reconozco? ¿Son éstas las señales de quererme exclusivamente a mí, de casarse gustosa conmigo dentro de pocos días? ¿Se anuncian así la alegría y el amor? *(Vase iluminando lentamente la escena, suponiendo que viene la luz del día.)*

DOÑA FRANCISCA.—¿Y qué motivos le he dado a usted para tales desconfianzas?

DON DIEGO.—¿Pues qué? Si yo prescindo de estas consideraciones, si apresuro las diligencias de nuestra unión, si su madre de usted sigue aprobándola, y llega el caso de...

DOÑA FRANCISCA.—Haré lo que mi madre me manda, y me casaré con usted.

DON DIEGO.—¿Y después, Paquita?

DOÑA FRANCISCA.—Después... y mientras me dure la vida, seré mujer de bien.

DON DIEGO.—Eso no lo puedo yo dudar. Pero si usted me considera como el que ha de ser hasta la muerte su compañero y su amigo, dígame usted: estos títulos, ¿no me dan algún derecho para merecer de usted mayor confianza? ¿No he de lograr que usted me diga la causa de su dolor? Y no para satisfacer una impertinente curiosidad, sino para emplearme todo en su consuelo, en mejorar su suerte, en hacerla dichosa, si mi conato y mis diligencias pudiesen tanto.

DOÑA FRANCISCA.—¡Dichas para mí!... Ya se acabaron.

DON DIEGO.—¿Por qué?

DOÑA FRANCISCA.—Nunca diré por qué.

DON DIEGO.—Pero ¡qué obstinado, qué imprudente silencio!... Cuando usted misma debe presumir que no estoy ignorante de lo que hay.

DOÑA FRANCISCA.—Si usted lo ignora, señor don Diego, por Dios, no finja que lo sabe, y si en efecto lo sabe usted, no me lo pregunte.

DON DIEGO.—Bien está. Una vez que no hay nada que decir, que esa aflicción y esas lágrimas son voluntarias, hoy llegaremos a Madrid, y dentro de ocho días será usted mi mujer.

DOÑA FRANCISCA.—Y daré gusto a mi madre.

DON DIEGO.—Y vivirá usted infeliz.

DOÑA FRANCISCA.—Ya lo sé.

DON DIEGO.—Ve aquí los frutos de la educación. Esto es lo que se llama criar bien a una niña: enseñarla a que desmienta y oculte las pasiones más inocentes con una pérfida disimulación. Las juzgan honestas luego que las ven instruidas en el arte de callar y mentir. Se obstinan en que el temperamento, la edad ni el genio no han de tener influencia alguna en sus inclinaciones, o en que su voluntad ha de torcerse al capricho de quien las gobierna. Todo se las permite, menos la sinceridad. Con tal que no digan lo que sienten, con tal que finjan aborrecer lo que más desean, con tal que se presten a pronunciar, cuando se lo manden, un sí perjuro, sacrílego, origen de tantos escándalos, ya están bien criadas, y se llama excelente educación la que inspira en ellas el temor, la astucia y el silencio de un esclavo.

DOÑA FRANCISCA.—Es verdad... Todo eso es cierto... Eso exigen de nosotras, eso aprendemos en la escuela que se nos da... Pero el motivo de mi aflicción es mucho más grande.

DON DIEGO.—Sea cual fuere, hija mía, es menester que usted se anime... Si la ve a usted su madre de esa manera, ¿qué ha de decir?... Mire usted que ya parece que se ha levantado.

DOÑA FRANCISCA.—¡Dios mío!

DON DIEGO.—Sí, Paquita; conviene mucho que usted vuelva un poco sobre sí... No abandonarse tanto... Confianza en Dios... Vamos, que no siempre nuestras desgracias son tan grandes como la imaginación nos pinta... ¡Mire usted qué desorden éste! ¡Qué agitación! ¡Qué lágrimas! Vaya, ¿me da usted palabra de presentarse así... con cierta serenidad y...?, ¿eh?

DOÑA FRANCISCA.—Y usted, señor... Bien sabe usted el genio de mi madre. Si usted no me defiende, ¿a quién he de volver los ojos? ¿Quién tendrá compasión de esta desdichada?

DON DIEGO.—Su buen amigo de usted... Yo... ¿Cómo es posible que yo la abandonase..., ¡criatura!... en la situación dolorosa en que la veo? *(Asiéndola de las manos.)*

DOÑA FRANCISCA.—¿De veras?

DON DIEGO.—Mal conoce usted mi corazón.

DOÑA FRANCISCA.—Bien le conozco. *(Quiere arrodillarse;* DON DIEGO *se lo estorba, y ambos se lavantan.)*

DON DIEGO.—¿Qué hace usted, niña?

DOÑA FRANCISCA.—Yo no sé... ¡Qué poco merece toda esa bondad una mujer tan ingrata para con usted!... No, ingrata, no; infeliz... ¡Ay, qué infeliz soy, señor don Diego!

DON DIEGO.—Yo bien sé que usted agradece como puede el amor que la tengo... Lo demás todo ha sido..., ¿qué sé yo?..., una equivocación mía, y no otra cosa... Pero usted, ¡inocente!, usted no ha tenido la culpa.

DOÑA FRANCISCA.—Vamos... ¿No viene usted?

DON DIEGO.—Ahora no, Paquita. Dentro de un rato iré por allá.

DOÑA FRANCISCA.—Vaya usted presto. *(Encaminándose al cuarto de* DOÑA IRENE, *vuelve y se despide de* DON DIEGO, *besándole las manos.)*

DON DIEGO.—Sí, presto iré.

ESCENA IX

DON DIEGO, SIMÓN

SIMÓN.—Ahí están, señor.

DON DIEGO.—¿Qué dices?

SIMÓN.—Cuando yo salía de la puerta, los vi a lo lejos, que iban ya de camino. Empecé a dar voces y hacer señas con el pañuelo; se detuvieron, y apenas llegué le dije al señorito lo que usted mandaba, volvió las riendas, y está abajo. Le encargué que no subiera hasta que le avisara yo, por si acaso había gente aquí, y usted no quería que le viesen.

DON DIEGO.—¿Y qué dijo cuando le diste el recado?

SIMÓN.—Ni una sola palabra... Muerto viene... Ya digo, ni una sola palabra... A mí me ha dado compasión al verle así tan...

DON DIEGO.—No me empieces ya a interceder por él.

SIMÓN.—¿Yo, señor?

DON DIEGO.—Sí, que no te entiendo yo... ¡Compasión!... Es un pícaro.

SIMÓN.—Como yo no sé lo que ha hecho...

DON DIEGO.—Es un bribón, que me ha de quitar la vida... Ya te he dicho que no quiero intercesores.

SIMÓN.—Bien está, señor. (*Vase por la puerta del foro.* DON DIEGO *se sienta, manifestando inquietud y enojo.*)

DON DIEGO.—Dile que suba.

ESCENA X

DON CARLOS, DON DIEGO

DON DIEGO.—Venga usted acá, señorito; venga usted... ¿En dónde has estado desde que no nos vemos?

DON CARLOS.—En el mesón de afuera.

DON DIEGO.—¿Y no has salido de allí en toda la noche, eh?

DON CARLOS.—Sí, señor, entré en la ciudad y...

DON DIEGO.—¿A qué?... Siéntese usted.

DON CARLOS.—Tenía precisión de hablar con un sujeto... *(Siéntase.)*

DON DIEGO.—¡Precisión!

DON CARLOS.—Sí, señor... Le debo muchas atenciones, y no era posible volverme a Zaragoza sin estar primero con él.

DON DIEGO.—Ya. En habiendo tantas obligaciones de por medio... Pero venirle a ver a las tres de la mañana, me parece mucho desacuerdo... ¿Por qué no le escribiste un papel?... Mira, aquí he de tener... Con este papel que le hubieras enviado en mejor ocasión, no había necesidad de hacerle trasnochar, ni molestar a nadie. *(Dándole el papel que tiraron a la ventana. DON CARLOS, luego que le reconoce, se le vuelve y se levanta en ademán de irse.)*

DON CARLOS.—Pues si todo lo sabe usted, ¿para qué me llama? ¿Por qué no me permite seguir mi camino, y se evitaría una contestación de la cual ni usted ni yo quedaremos contentos?

DON DIEGO.—Quiere saber su tío de usted lo que hay en esto, y quiere que usted se lo diga.

DON CARLOS.—¿Para qué saber más?

DON DIEGO.—Porque yo lo quiero y lo mando. ¡Oiga!

DON CARLOS.—Bien está.

DON DIEGO.—Siéntate ahí... *(Siéntase DON CARLOS.)* ¿En dónde has conocido a esta niña?... ¿Qué amor es éste? ¿Qué circunstancias han ocurrido?... ¿Qué obligaciones hay entre los dos? ¿Dónde, cuándo la viste?

DON CARLOS.—Volviéndome a Zaragoza el año pasado, llegué a Guadalajara sin ánimo de detenerme; pero el intendente, en cuya casa de campo nos

apeamos, se empeñó en que había de quedarme allí
todo aquel día, por ser cumpleaños de su parienta,
prometiéndome que al siguiente me dejaría proseguir
mi viaje. Entre las gentes convidadas hallé a doña
Paquita, a quien la señora había sacado aquel día del
convento para que se esparciese un poco... Yo no sé
qué vi en ella, que excitó en mí una inquietud, un
deseo constante, irresistible, de mirarla, de oírla, de
hallarme a su lado, de hablar con ella, de hacerme
agradable a sus ojos... El intendente dijo entre otras
cosas..., burlándose..., que yo era muy enamorado, y
se le ocurrió fingir que me llamaba don Félix de
Toledo[49]. Yo sostuve esta ficción, porque desde
luego concebí la idea de permanecer algún tiempo en
aquella ciudad, evitando que llegase a noticia de
usted....Observé que doña Paquita me trató con un
agrado particular, y cuando por la noche nos separa-
mos, yo quedé lleno de vanidad y de esperanzas,
viéndome preferido a todos los concurrentes de aquel
día, que fueron muchos. En fin... Pero no quisiera
ofender a usted refiriéndole...

DON DIEGO.—Prosigue.

DON CARLOS.—Supe que era hija de una señora de
Madrid, viuda y pobre, pero de gente muy honrada...
Fue necesario fiar de mi amigo los proyectos de amor
que me obligaban a quedarme en su compañía; y él,
sin aplaudirlos ni desaprobarlos, halló disculpas, las
más ingeniosas, para que ninguno de su familia

---

[49]   En las ediciones de 1805 y 1806 se añadía: «... nombre que
dio Calderón a algunos amantes de sus comedias». Así, por
ejemplo, en *También hay duelo en las damas, Los empeños de un
acaso,* y alguna otra. Nicolás Moratín, padre de don Leandro,
critica en sus *Desengaños al teatro español* a un don Félix de
Toledo (al parecer el de la primera de estas dos comedias áureas)
que, según escribe, galantea «a una dama a cuchilladas, alboro-
tando y escandalizando al pueblo» como si se tratara de una «heroici-
dad grande». El comportamiento de don Carlos, implícitamente
tenido por ejemplar, se define en parte, como queda dicho,
contrastando con el de aquellos modelos de galanes calderonianos.

extrñara mi detención. Como su casa de campo está inmediata a la ciudad, fácilmente iba y venía de noche... Logré que doña Paquita leyese algunas cartas mías; y con las pocas respuestas que de ella tuve, acabé de precipitarme en una pasión que mientras viva me hará infeliz.

DON DIEGO.—Vaya... Vamos, sigue adelante.

DON CARLOS.—Mi asistente (que, como usted sabe, es hombre de travesura y conoce el mundo), con mil artificios que a cada paso le ocurrían, facilitó los muchos estorbos que al principio hallábamos... La seña era dar tres palmadas, a las cuales respondían con otras tres desde una ventanilla que daba al corral de las monjas. Hablábamos todas las noches, muy a deshora, con el recato y las precauciones que ya se dejan entender... Siempre fui para ella don Félix de Toledo, oficial de un regimiento, estimado de mis jefes y hombre de honor... Nunca le dije más, ni la hablé de mis parientes ni de mis esperanzas, ni la di a entender que casándose conmigo podría aspirar a mejor fortuna; porque ni me convenía nombrarle a usted, ni quise exponerla a que las miras de interés, y no el amor, la inclinasen a favorecerme. De cada vez la hallé más fina, más hermosa, más digna de ser adorada... Cerca de tres meses me detuve allí; pero al fin era necesario separarnos, y una noche funesta me despedí, la dejé rendida en un desmayo mortal, y me fui ciego de amor adonde mi obligación me llamaba... Sus cartas consolaron por algún tiempo mi ausencia triste, y en una, que recibí pocos días ha, me dijo cómo su madre trataba de casarla, que primero perdería la vida que dar su mano a otro que a mí; me acordaba mis juramentos, me exhortaba a cumplirlos... Monté a caballo, corrí precipitado el camino, llegué a Guadalajara, no la encontré, vine aquí... Lo demás bien lo sabe usted, no hay para qué decírselo.

DON DIEGO.—¿Y qué proyectos eran los tuyos en esta venida?

DON CARLOS.—Consolarla, jurarla de nuevo un eterno amor, pasar a Madrid, verle a usted, echarme a sus pies, referirle todo lo ocurrido, y pedirle, no riquezas, ni herencias, ni protecciones, ni... eso no... Sólo su consentimiento y su bendición para verificar un enlace tan suspirado, en que ella y yo fundábamos toda nuestra felicidad.

DON DIEGO.—Pues ya ves, Carlos, que es tiempo de pensar muy de otra manera.

DON CARLOS.—Sí, señor.

DON DIEGO.—Si tú la quieres, yo la quiero también. Su madre y toda su familia aplauden este casamiento. Ella..., y sean las que fueren las promesas que a ti te hizo..., ella misma, no ha media hora, me ha dicho que está pronta a obedecer a su madre y darme la mano, así que...

DON CARLOS.—Pero no el corazón. *(Levántase.)*

DON DIEGO.—¿Qué dices?

DON CARLOS.—No, eso no... Sería ofenderla... Usted celebrará sus bodas cuando guste; ella se portará siempre como conviene a su honestidad y a su virtud; pero yo he sido el primero, el único objeto de su cariño, lo soy, lo seré... Usted se llamará su marido; pero si alguna o muchas veces la sorprende, y ve sus ojos hermosos inundados en lágrimas, por mí las vierte... No la pregunte usted jamás el motivo de sus melancolías... Yo, yo seré la causa... Los suspiros, que en vano procurará reprimir, serán finezas dirigidas a un amigo ausente [50].

DON DIEGO.—¿Qué temeridad [51] es ésta? *(Se levanta con mucho enojo, encaminándose hacia DON CARLOS, que se va retirando.)*

---

[50] Es decir, que no habrá adulterio efectivo, debido a la «honestidad y virtud» de Paquita, pero se ha llegado al límite a partir del cual la autoridad, o la opresión, está a punto de convertirse en contraproducente.

[51] Se vale don Diego de la misma palabra que don Carlos en la escena séptima del acto segundo (véase pág. 154).

DON CARLOS.—Ya se lo dije a usted... Era imposible que yo hablase una palabra sin ofenderle... Pero acabemos esta odiosa conversación... Viva usted feliz, y no me aborrezca, que yo en nada le he querido disgustar... La prueba mayor que yo puedo darle de mi obediencia y mi respeto es la de salir de aquí inmediatamente... Pero no se me niegue a lo menos el consuelo de saber que usted me perdona.

DON DIEGO.—¿Conque, en efecto, te vas?

DON CARLOS.—Al instante, señor... Y esta ausencia será bien larga.

DON DIEGO.—¿Por qué?

DON CARLOS.—Porque no me conviene verla en mi vida... Si las voces que corren de una próxima guerra se llegaran a verificar..., entonces...

DON DIEGO.—¿Qué quieres decir? (*Asiendo de un brazo a* DON CARLOS *le hace venir más adelante.*)

DON CARLOS.—Nada... Que apetezco la guerra, porque soy soldado.

DON DIEGO.—¡Carlos!... ¡Qué horror!... ¿Y tienes corazón para decírmelo?

DON CARLOS.—Alguien viene... (*Mirando con inquietud hacia el cuarto de* DOÑA IRENE *se desprende de* DON DIEGO *y hace que se va por la puerta del foro.* DON DIEGO *va detrás de él y quiere detenerle.*) Tal vez será ella... Quede usted con Dios.

DON DIEGO.—¿Adónde vas?... No, señor; no has de irte.

DON CARLOS.—Es preciso... Yo no he de verla... Una sola mirada nuestra pudiera causarle a usted inquietudes crueles.

DON DIEGO.—Ya te he dicho que no ha de ser... Entra en ese cuarto.

DON CARLOS.—Pero si...

DON DIEGO.—Haz lo que te mando. (*Éntrase* DON CARLOS *en el cuarto de* DON DIEGO.)

ESCENA XI

Doña Irene, Don Diego

Doña Irene.—Conque, señor don Diego, ¿es ya la de vámonos?... Buenos días... *(Apaga la luz que está sobre la mesa.)* ¿Reza usted?

Don Diego.—*(Paseándose con inquietud.)* Sí, para rezar estoy ahora.

Doña Irene.—Si usted quiere, ya pueden ir disponiendo el chocolate, y que avisen al mayoral para que enganchen luego que... Pero ¿qué tiene usted, señor?... ¿Hay alguna novedad?

Don Diego.—Sí, no deja de haber novedades.

Doña Irene.—¿Pues qué?... Dígalo usted, por Dios... ¡Vaya, vaya!...No sabe usted lo asustada que estoy... Cualquiera cosa, así, repentina, me remueve toda y me... Desde el último mal parto que tuve, quedé tan sumamente delicada de los nervios... Y va ya para diez y nueve años, si no son veinte; pero desde entonces, ya digo, cualquiera friolera me trastorna...Ni los baños, ni caldos de culebra, ni la conserva de tamarindos; nada me ha servido; de manera que...

Don Diego.—Vamos, ahora no hablemos de malos partos ni de conservas... Hay otra cosa más importante que tratar... ¿Qué hacen esas muchachas?

Doña Irene.—Están recogiendo la ropa y haciendo el cofre, para que todo esté a la vela y no haya detención.

Don Diego.—Muy bien. Siéntese usted... Y no hay que asustarse ni alborotarse *(Siéntanse los dos)* por nada de lo que yo diga; y cuenta, no nos abandone el juicio cuando más lo necesitamos... Su hija de usted está enamorada.

Doña Irene.—Pues ¿no lo he dicho ya mil veces? Sí, señor, que lo está; y bastaba que yo le dijese para que...

DON DIEGO.—¡Este vicio maldito de interrumpir a cada paso! Déjeme usted hablar.

DOÑA IRENE.—Bien, vamos, hable usted.

DON DIEGO.—Está enamorada; pero no está enamorada de mí.

DOÑA IRENE.—¿Qué dice usted?

DON DIEGO.—Lo que usted oye.

DOÑA IRENE.—Pero ¿quién le ha contado a usted esos disparates?

DON DIEGO.—Nadie. Yo lo sé, yo lo he visto, nadie me lo ha contado, y cuando se lo digo a usted, bien seguro estoy de que es verdad... Vaya, ¿qué llanto es ése?

DOÑA IRENE.—¡Pobre de mí! *(Llora.)*

DON DIEGO.—¿A qué viene eso?

DOÑA IRENE.—¡Porque me ven sola y sin medios, y porque soy una pobre viuda, parece que todos me desprecian y se conjuran contra mí!

DON DIEGO.—Señora doña Irene...

DOÑA IRENE.—Al cabo de mis años y de mis achaques, verme tratada de esta manera, como un estropajo, como una puerca cenicienta, vamos al decir... ¿Quién lo creyera de usted?... ¡Válgame Dios!... ¡Si vivieran mis tres difuntos!... Con el último difunto que me viviera, que tenía un genio como una serpiente...

DON DIEGO.—Mire usted, señora, que se me acaba ya la paciencia.

DOÑA IRENE.—Que lo mismo era replicarle, que se ponía hecho una furia del infierno, y un dia del Corpus, yo no sé por qué friolera, hartó de mojicones a un comisario ordenador [52], y si no hubiera sido por dos padres del Carmen, que se pusieron de por medio, le estrella contra un poste en los portales de Santa Cruz.

[52] Su papel consistía en distribuir las órdenes a los comisarios de guerra.

DON DIEGO.—Pero ¿es posible que no ha de atender usted a lo que voy a decirla?

DOÑA IRENE.—¡Ay!, no, señor; que bien lo sé, que no tengo pelo de tonta, no, señor... Usted ya no quiere a la niña, y busca pretextos para zafarse de la obligación en que está... ¡Hija de mi alma y de mi corazón!

DON DIEGO.—Señora doña Irene, hágame usted el gusto de oírme, de no replicarme, de no decir despropósitos, y luego que usted sepa lo que hay, llore y gima, y grite, y diga cuanto quiera... Pero entretanto, no me apure usted el sufrimiento, por amor de Dios.

DOÑA IRENE.—Diga usted lo que le dé la gana.

DON DIEGO.—Que no volvamos otra vez a llorar y a...

DOÑA IRENE.—No, señor; ya no lloro. *(Enjugándose las lágrimas con un pañuelo.)*

DON DIEGO.—Pues hace ya cosa de un año, poco más o menos, que doña Paquita tiene otro amante. Se han hablado muchas veces, se han escrito, se han prometido amor, fidelidad, constancia... Y, por último, existe en ambos una pasión tan fina, que las dificultades y la ausencia, lejos de disminuirla, han contribuido eficazmente a hacerla mayor. En este supuesto...

DOÑA IRENE.—Pero ¿no conoce usted, señor, que todo es un chisme inventado por alguna mala lengua que no nos quiere bien?

DON DIEGO.—Volvemos otra vez a lo mismo. No, señora; no es un chisme. Repito de nuevo que lo sé.

DOÑA IRENE.—¿Qué ha de saber usted, señor, ni qué traza tiene eso de verdad? ¡Conque la hija de mis entrañas, encerrada en un convento, ayunando los siete reviernes, acompañada de aquellas santas religiosas! Ella, que no sabe lo que es el mundo, que no ha salido todavía del cascarón como quien dice!... Bien se conoce que no sabe usted el genio que tiene

Circuncisión... ¡Pues bonita es ella para haber disimulado a su sobrina el menor desliz!

DON DIEGO.—Aquí no se trata de ningún desliz, señora doña Irene; se trata de una inclinacón honesta, de la cual hasta ahora no habíamos tenido antecedente alguno. Su hija de usted es una niña muy honrada, y no es capaz de deslizarse... Lo que digo es que la madre Circuncisión, y la Soledad, y la Candelaria, y todas las madres y usted y yo el primero nos hemos equivocado solemnemente. La muchacha se quiere casar con otro, y no conmigo... Hemos llegado tarde; usted ha contado muy de ligero con la voluntad de su hija... Vaya, ¿para qué es cansarnos? Lea usted ese papel, y verá si tengo razón. *(Saca el papel de* DON CARLOS *y se le da a* DOÑA IRENE. *Ella, sin leerle, se levanta muy agitada, se acerca a la puerta de su cuarto y llama. Levántase* DON DIEGO *y procura en vano contenerla.)*

DOÑA IRENE.—¡Yo he de volverme loca!... ¡Francisquita!... ¡Virgen del Tremedal!... ¡Rita! ¡Francisca!

DON DIEGO.—Pero ¿a qué llamarlas?

DOÑA IRENE.—Sí, señor, que quiero que venga, y que se desengañe la pobrecita de quién es usted...

DON DIEGO.—Lo echó todo a rodar... Esto le sucede a quien se fía de la prudencia de una mujer.

ESCENA XII

DOÑA FRANCISCA, RITA, DOÑA IRENE, DON DIEGO

RITA.—Señora.

DOÑA FRANCISCA.—¿Me llamaba usted?

DOÑA IRENE.—Sí, hija, sí; porque el señor don Diego nos trata de un modo que ya no se puede aguantar. ¿Qué amores tienes, niña? ¿A quién has dado palabra de matrimonio? ¿Qué enredos son éstos?... Y tú, picarona... Pues tú también lo has de saber.... Por fuerza lo sabes...¿Quién ha escrito este papel? ¿Qué dice? (*Presentando el papel abierto a* DOÑA FRANCISCA.)

RITA.—(*Aparte a* DOÑA FRANCISCA.) Su letra es.

DOÑA FRANCISCA.—¡Qué maldad!... Señor don Diego, ¿así cumple usted su palabra?

DON DIEGO.—Bien sabe Dios que no tengo la culpa... Venga usted aquí. (*Tomando de una mano a* DOÑA FRANCISCA *la pone a su lado.*) No hay que temer... Y usted, señora, escuche y calle, y no me ponga en términos de hacer un desatino... Deme usted ese papel. (*Quitándola el papel.*) Paquita, ya se acuerda usted de las tres palmadas de esta noche.

DOÑA FRANCISCA.—Mientras viva me acordaré.

DON DIEGO.—Pues este es el papel que tiraron a la ventana... No hay que asustarse, ya lo he dicho. (*Lee.*) «*Bien mío: si no consigo hablar con usted, haré lo posible para que llegue a sus manos esta carta. Apenas me separé de usted, encontré en la posada al que yo llamaba mi enemigo, y al verle no sé cómo no expiré de dolor. Me mandó que saliera inmediatamente de la ciudad, y fue preciso obedecerle. Yo me llamo* DON CARLOS, *no don Félix.* DON DIEGO *es mi tío. Viva usted dichosa, y olvide para siempre a su infeliz amigo.*—CARLOS *de Urbina.*»

DOÑA IRENE.—¿Conque hay eso?

DOÑA FRANCISCA.—¡Triste de mí!

DOÑA IRENE.—¿Conque es verdad lo que decía el señor, grandísima picarona? Te has de acordar de mí. (*Se encamina hacia* DOÑA FRANCISCA, *muy colérica y en ademán de querer maltratarla.* RITA *y* DON DIEGO *lo estorban.*)

DOÑA FRANCISCA.—¡Madre!... ¡Perdón!

DOÑA IRENE.—No, señor; que la he de matar.

DON DIEGO.—¿Qué locura es ésta?

DOÑA IRENE.—He de matarla.

ESCENA XIII

Don Carlos, Don Diego, Doña Irene, Doña Francisca, Rita

(Sale Don Carlos del cuarto precipitadamente; coge de un brazo a Doña Francisca, se la lleva hacia el fondo del teatro y se pone delante de ella para defenderla. Doña Irene se asusta y se retira) [53]

Don Carlos.—Eso no... Delante de mí nadie ha de ofenderla [54].

Doña Francisca.—¡Carlos!

Don Carlos.—*(A Don Diego.)* Disimule usted mi atrevimiento... He visto que la insultaban, y no me he sabido contener.

Doña Irene.—¿Qué es lo que me sucede, Dios mío?... ¿Quién es usted?.... ¿Qué acciones son éstas?... ¡Qué escándalo!

Don Diego.—Aquí no hay escándalos.... Ése es de quien su hija de usted está enamorada... Separarlos y matarlos viene a ser lo mismo... Carlos... No importa.... Abraza a tu mujer. *(Se abrazan Don Carlos y Doña Francisca, y después se arrodillan a los pies de Don Diego.)*

Doña Irene.—¿Conque su sobrino de usted?

Don Diego.—Sí, señora; mi sobrino, que con sus palmadas, y su música, y su papel me ha dado la noche más terrible que he tenido en mi vida.... ¿Qué es esto, hijos míos, qué es esto?

---

[53] Nótese cómo doña Irene permanece aislada en el escenario, para que resalte mejor su despiste.

[54] Actitud también corriente en el desenlace de las comedias de capa y espada calderonianas, en que el galán se muestra decidido protector de su «esposa» frente al padre irritado; pero adviértase cómo al estrenar su nueva autoridad de «marido», procura don Carlos no desairar al tío, cabeza de familia; ante doña Irene, en cambio, no se disculpa.

DOÑA FRANCISCA.—¿Conque usted nos perdona y nos hace felices?

DON DIEGO.—Sí, prendas de mi alma... Sí. *(Los hace levantar con expresión de ternura.)*

DOÑA IRENE.—¿Y es posible que usted se determina a hacer un sacrificio?...

DON DIEGO.—Yo pude separarlos para siempre y gozar tranquilamente la posesión de esta niña amable; pero mi conciencia no lo sufre... ¡Carlos!... ¡Paquita! ¡Qué dolorosa impresión me deja en el alma el esfuerzo que acabo de hacer!... Porque, al fin, soy hombre miserable y débil.

DON CARLOS.—Si nuestro amor *(Besándole las manos)*, si nuestro agradecimiento pueden bastar a consolar a usted en tanta pérdida...

DOÑA IRENE.—¡Conque el bueno de don Carlos! Vaya que...

DON DIEGO.—Él y su hija de usted estaban locos de amor, mientras que usted y las tías fundaban castillos en el aire y me llenaban la cabeza de ilusiones, que han desaparecido como un sueño... Esto resulta del abuso de autoridad, de la opresión que la juventud padece, éstas son las seguridades que dan los padres y los tutores, y esto lo que se debe fiar en el sí de las niñas... Por una casualidad he sabido a tiempo el error en que estaba.... ¡Ay de aquellos que lo saben tarde!

DOÑA IRENE.—En fin, Dios los haga buenos, y que por muchos años se gocen... Venga usted acá, señor; venga usted, que quiero abrazarle. *(Abrazando a* DON CARLOS. DOÑA FRANCISCA *se arrodilla y besa la mano a su madre.)* Hija, Francisquita. ¡Vaya! Buena elección has tenido... Cierto que es un mozo muy galán.... Morenillo, pero tiene un mirar de ojos muy hechicero.

RITA.—Sí, dígaselo usted, que no lo ha reparado la niña... Señorita, un millón de besos. *(Se besan* DOÑA FRANCISCA *y* RITA.)

DOÑA FRANCISCA.—Pero ¿ves qué alegría tan grande?.... ¡Y tú, cómo me quieres tanto!... Siempre, siempre serás mi amiga.

DON DIEGO.—Paquita hermosa *(Abraza a* DOÑA FRANCISCA*)*, recibe los primeros abrazos de tu nuevo padre... No temo ya la soledad terribe que amenazaba a mi vejez... Vosotros *(Asiendo de las manos a* DOÑA FRANCISCA *y a* DON CARLOS*)* seréis la delicia de mi corazón; y el primer fruto de vuestro amor..., sí, hijos, aquél..., no hay remedio, aquél es para mí. Y cuando le acaricie en mis brazos podré decir: a mí me debe su existencia este niño inocente; si sus padres viven, si son felices, yo he sido la causa.

DON CARLOS.—¡Bendita sea tanta bondad!

DON DIEGO.—Hijos, bendita sea la de Dios.